हाशिए पर हसरत

हाशिए पर हसरत

भीम सिंह भवेश

प्रतिभा प्रतिष्ठान, नई दिल्ली

प्रकाशक : प्रतिभा प्रतिष्ठान,
694–बी (निकट अजय मार्केट), चावड़ी बाजार, दिल्ली–110006
 / संस्करण : प्रथम, 2021 / मूल्य : तीन सौ रुपए
मुद्रक : आर–टेक ऑफसेट प्रिंटर्स, दिल्ली ISBN 978-93-87980-95-2

HASHIYE PAR HASRAT

by Shri Bhim Singh Bhavesh ₹ 300.00

Published by PRATIBHA PRATISHTHAN,
694-B (Near Ajay Market), Chawri Bazar, Delhi-110006

समर्पित

पूज्य पिताश्री

स्व. रामानंद सिंह

के

चरणों में!

अपनी बात

मार्च 1993 में मशहूर फोटोग्राफर केविन कार्टर ने भूखमरी और कुपोषण से जूझ रहे सूडान में एक बच्ची की तसवीर ली थी। तब भूख से बेहाल वह बच्ची पैर और कोहनी के बल रेंगते हुए अपनी झोपड़ी में जाने का प्रयास कर रही थी। उसके माता-पिता भोजन की तलाश में बाहर गए थे। इसी दौरान उस बच्ची के पीछे बैठा एक गिद्ध उसके मरने का इंतजार कर रहा था। फोटोग्राफर कार्टर ने 15-20 मिनट तक उस गिद्ध के वहाँ से उड़ने का इंतजार किया। लेकिन जब वह नहीं उड़ा तो उन्होंने बच्ची और उससे कुछ कदम दूर उसकी मौत का इंतजार कर रहे गिद्ध का फोटो खींच लिया। कार्टर की यह तसवीर अमेरिकी अखबार 'न्यूयॉर्क टाईम्स' में 26 मार्च, 1993 को प्रकाशित हुई, शीर्षक था 'मेटोफोर फॉर अफ्रीकाज डेस्पेयर'। तसवीर दुनिया भर में सुर्खियाँ बन गई। फोटोग्राफर कार्टर को इस फोटो के लिए प्रतिष्ठित 'पुलित्जर' पुरस्कार मिला। बाद में कार्टर पर आरोप लगा कि उन्होंने मरणासन्न कुपोषित बच्ची को बचाने की बजाय तसवीर खींचना ज्यादा उचित समझा। कार्टर अपराधबोध से ग्रस्त हो गए। उन्हें अफसोस हुआ कि उन्होंने बच्ची को बचाने की कोशिश नहीं किया और यह देखने के लिए नहीं रुके कि बच्ची जिंदा रही या नहीं। तसवीर खींचने के तीन माह बाद उन्होंने आत्महत्या कर ली।

मैं ऐसी स्थिति के लिए तैयार नहीं था···

संयोगवश मैं इस घटना के दस साल बाद 2003 में समाचार संकलन

के लिए पहली बार एक मुसहरटोली में गया था। वहाँ की वीभत्स स्थिति, गरीबी, अशिक्षा और बीमारी देखने के बाद उनका होकर रह गया। पता नहीं यह ज्ञानात्म संवेदना थी या संवेदनात्मक का ज्ञान, कि मुसहर टोलियों के कई मरणासन्न लोगों को अस्पताल पहुँचाकर मैंने उनकी जिंदगी बचाने की कोशिश की। सैकड़ों बच्चों का अभिभावक बनकर विद्यालयों में उनका नामांकन कराने में मुझे खुशी मिली। महादलित टोलों को गोद लेकर उनके आर्थिक, सामाजिक और शैक्षणिक स्थिति को सवाँरने का यत्न भी करता रहा हूँ।

बिहार सहित आस-पास के राज्यों में पायी जानेवाली इस जाति के लोगों की स्थिति समाज के बीच रहने के बावजूद मुख्यधारा से इतर है। शहर और गाँव के किनारे समूह में बसे मुसहर जाति के लोग आदिम जीवन के के बहुत करीब हैं। इनकी साक्षरता दर पाँच से दस प्रतिशत की परिधि में उमड़-घुमड़ रही है। इनके साठ से सत्तर प्रतिशत परिवार आज भी जमीन पर सोते हैं। ये चकाचौंध के बीच रहते हुए भी घोर अंधकार में जी रहे हैं। इनमें भूत की पीड़ा जरूर है लेकिन उसका मलाल प्रतिक्रियावादी स्वरूप अख्तियार करने की स्थिति में नहीं पहुँच पाया है। गरीबी के दुश्चक्र में पीसती इस जाति की युवा पीढ़ी के पास आज भी भविष्य के सपने का कोई ताना-बाना नहीं दिखता। वर्तमान का साया ही इनका हमराह है। सरकारी योजनाओं की जानकारी और समझदारी के अभाव में ये अपना भागीदारी सुनिश्चित नहीं कर पाते हैं। आधुनिकता की आबोहवा के बीच भी गरीबी, अशिक्षा और उपेक्षा के कारण ठेठ अक्खड़पन इनके रग-रग में समाया हुआ है। तभी तो ''इनका एक बार का 'ने' कई प्रयासों के बावजूद 'हे' में नहीं बदल पाता। शेष अगले की मर्जी।''

मुसहरटोलियों के नियमित संपर्क में डेढ़ दशक से ज्यादा अरसा बीत चुका है। उनके साथ रहने, दुःख-सुख में भीगने और विकास के प्रयास में कई तरह के खट्टे-मीठे अनुभव हुए। 21वीं सदी के बावजूद बीसवीं सदी

में जी रहे इस जाति के लोगों की खूबी और खामियों को काफी करीब से परखा। उनकी स्थिति और अपने एहसास के बीच एक संबंध भी मैंने जिया। उन्हीं एहसासों का प्रतिफल है, 'हाशिए पर हसरत'।

—भीम सिंह भवेश

हाशिए पर हसरत

"अरे रे रे एएए··· गेल सरवा।"

"मार, मार, मार···। दारू पीके सार चलावऽ है।"

"टैक्टर चलावत हौ कि जहाज, एके पता नाहीं हौ।"

"लड़का-बच्चा के खेले का टाइम हौ और ई सा···जहाज दौड़ावत हौ।"

कई लोग एक साथ दौड़ पड़े। पुरुषों के साथ महिलाएँ और बच्चे भी सड़क की ओर भागने लगे। दूसरी ओर से भी आवाज सुनाई पड़ने लगी। "मार, मार, मार···।"

सिंगल स्टैंड पर अपनी मोटरसाइकिल खड़ी कर ही रहा था कि एकाएक चौंक गया। सड़क पार करते एक चार साल का बच्चा ट्रैक्टर की चपेट में आते-आते बचा था। चालक ने भरपूर प्रयास कर पिछले चक्के के नीचे आने से बचाया था। ट्रैक्टर के दोनों पिछले चक्के सररररर···की आवाज के साथ घिसटा गए।

"अरे, माई चो···दारू पीकर गाड़ी हाँकता···।" सुरेंद्र ने दौड़कर चालक को थप्पड़ लगा दिया। इससे पहले कि दोहरा लगा देता, लुंगी पकड़कर कसने लगा। पॉलिस्टर की चेकदार लुंगी ने सरककर मुड़े हुए ठेहुने पर जगह बना ली थी। उसका एक पैर जमीन पर और दूसरा ट्रैक्टर के फुट स्टैंड पर था। हड़बड़ी में टी-शर्ट के ऊपर से ही लुंगी कसने लगा। इस क्रम में लगातार अपने शरीर को दाएँ-बाएँ ऐसे हिला रहा था, मानो अधूरे मल्ल-युद्ध में ढीला हो चुका लँगोट कस रहा हो। चालक की गलती नहीं होने के बावजूद मोहल्ले के लोग मारने के लिए टूट पड़े। एक साथ कई युवक उसे स्टेयरिंग

से खींचने लगे। बगल में खड़ी महिलाओं की हाँ–हाँ के बावजूद कमर में लुंगी अटका चुके सुरेंद्र ने दोबारा हाथ चला दिया। इससे पहले कि मोहल्ले के अन्य युवक भी पीटना शुरू करते, मैं तेज कदमों से ट्रैक्टर के पास पहुँच गया। सड़क पर लोगों की भीड़ और गाड़ियों की कतार बढ़ने लगी। लगा कि पूरा टोला अगले ही क्षण सड़क पर होगा। भीड़ में पुरुष और महिलाओं की अपेक्षा बच्चों की तादाद एकाएक काफी बढ़ गई।

"गलती तो बच्चे की है, फिर ड्राइवर को क्यों मारते हैं आप लोग? अपने बच्चे को सँभालिए। यह मुख्य सड़क है। पार करते वक्त सावधानी रखनी चाहिए।"

लगभग डाँटने के लहजे में मेरी आवाज पर सुरेंद्र सहित सब लोग पीछे हटने लगे। फिर हाथ के इशारे से लोगों को ट्रैक्टर से दूरी बनाने और चालक को स्टार्ट करने का संकेत दिया। वहाँ पहुँची मुरतिया और कबूतरी आदि महिलाओं ने भी 'हट–हट' की आवाज देते हुए हाथ से इशारा किया।

युवा चालक की आँखों से कृतज्ञता छलक रही थी। वह ट्रैक्टर स्टार्ट करने लगा। चाँटा खाए उसके सुर्ख चेहरे पर भय की छाया व्याप्त थी। हाथ स्टेयरिंग पर और चौकन्नी नजरें, भीड़ की भावी प्रतिक्रिया पर ठहरी हुई थीं। बगल की सीट पर बैठे अधेड़ की स्थिति उस हिरण की तरह थी, जो लोमड़ियों से घिरे अपने बच्चे के बचने की उम्मीद लिये कभी दूर निकले साथियों को देखता, तो कभी घेराबंदी में फँसे निरीह बच्चे को। मैंने चालक को बढ़ने का इशारा किया। चेहरे पर बगैर गलती के पीटे जाने की कसक लिये ड्राइवर ने चाबी लगाई ही थी कि नशे में धुत्त गोपीचंद आ धमका। लुंगी और मटमैली गंजी से अपने थुलथुल शरीर को ढके गोपी अपने गमछे को तेजी से हिला रहा था। उसके चेहरे के समानांतर दाएँ–बाएँ हवा में लहरा रहा लाल चेक का मटमैला गमछा जैसे आगे नहीं बढ़ने का संकेत हो।

"न सर, आप छोड़िए न। इते जब तक दो हाथ बढ़िया से नहीं लगेगा, ठीक नहीं होगा। ई सब बिना लाइसेंस के न गाड़ी चलाता है। अभी बचवा को कुछ हो जाता तो…।"

गोपीचंद ट्रैक्टर के करीब आ रहा था।

"कहाँ घर हौ रे? सा···। माधर···। जानत नाहीं, ई कौन मोहल्ला हौ? इहाँ से चाँपा डाल के भाग जेते? ऐ, एका ले चलो। पेड़ में बाँधकर बीस लाठी दमकाओ। सब बदमाशी छुट जेते।"

गोपी ने इंजन के समीप खड़े युवकों की ओर इशारा किया। युवकों की नजरें मुझसे टकराईं। तत्क्षण युवकों की कोई प्रतिक्रिया नहीं देख गोपी भी थम गया, लेकिन उसकी आक्रामकता देखकर चालक गाड़ी रोके हुए था। गोपी थोड़ी दूरी बनाकर बोलने लगा।

"साहेब, ट्रैक्टरवाला सब बहुत हरामी होत हौ। अपन को रोड का राजा समझत। बिना दारू पीए गाड़ी नाहीं हाँकत हौ।"

"ठीक है, लेकिन आज तो इस ड्राइवर की गलती नहीं है। वह लड़का एकाएक दौड़कर सड़क पार करने लगा था। ड्राइवर ने तो बच्चे को बचा लिया। फिर भी आप लोग उसी को मार रहे हैं। व्यस्त सड़क है, कोई तेज गाड़ी रहती तो?"

मैंने ट्रैक्टर बढ़ाने का इशारा किया। चालक ने कृतज्ञ भाव से नजरें डालीं और गाड़ी स्टार्ट कर दी। ट्रैक्टर के बड़े चक्के के मडगार्ड पर बैठा अधेड़ उसके शरीर को झकझोरने लगा। मतलब कि अवसर खोए बिना जल्दी भागो। उसने आशीर्वादी मुद्रा में दोनों हाथ उठाए। ट्रैक्टर बढ़ा। पीछे कतार में लगी अन्य गाड़ियाँ भी रेंगने लगीं।

सड़क पर चिल्ल-पों चल ही रही थी कि मुरतिया शुरू हो गई।

"गलती ड्राइबरवा के हौ, कि सूअर-कुकुर जैसा बिआ के अपन लगन सड़क पर छोड़ देवेवाली का हौ। दुनिया भर के लमेरा (अनचाहा) जनमा के सड़क पर छोड़ देवेवाला के कोई दोष नाहीं हौ? बस, कमजोर ड्राइबरवे सबका दिखऽ हौ। सब जन ड्राइबरवे का मार-मार करत। जेका बेटा सड़क पर मारल फिरऽ हे, ऊ चुहानी में और ई लोग अधिया पर ढेला ढो के मार-मार केले हौ। अच्छा काम खतिरा बुलावल जात तो कोई घर से नाहीं निकलत, लेकिन तमाशा देखे खतिरा सब तैयार। तू तो बड़के नालायक हौ। उगले से डुबले तक मार-पीट और दारू। दोसर कोई काम नाहीं हौ।"

उसने गोपीचंद को आँख दिखाते हुए कहा।

"ओह, ई बुढ़िया तो हमरे पीछे..."

"ना दूर होत। भक-भक मुँह बसा हे। अपन देखत नऽ और चलल हे ड्राइबरवे को मारे। अपन टोलवा को देख। इहाँ के सब छौड़ा-छौड़ी दिन भर रोडे पर लरी (लाइन) लगा के खेलत हौ। टोला के भीतर कवनो का मन नाहीं लागत। बूढ़ से जवान तक पूरा टोला दिन भर सड़क पर टुकुर-टुकुर ताकत। लगत कि गाड़िये नाहीं देखले हौ। अरे, पहिले का जमाना रहत तो एक बात। लोग रेलगाड़ी देखे खतिरा अपन हितई-नतई चल जात रहल। अब तो गाँव होत भा शहर, दिन भर गाड़िये दौड़त हौ। ई सब कौन नया चीज हौ। इहाँ का आदमी आदत से लाचार हौ।"

हाथ चमकाती मुरतिया ने गोपीचंद के बहाने पूरे मोहल्ले को नसीहत दे दी।

गोपीचंद की रिश्ते में चाची लगनेवाली मूर्ति देवी टोला के लिए मुरतिया है। जरूरत-बे-जरूरत छुटे मुँह बोल देने के लिए चर्चित। इकहरी देह पर छींटदार साड़ी। सामान्य से बड़ी नाक की नथनी चुप्पी तोड़ने को बाध्य कर देनेवाली। दोनों हाथों में दो-दो, तीन-तीन चूड़ियाँ। ललाट पर चमकती बड़ी बिंदी। पैर और चप्पल का संबंध बनता-बिगड़ता रहता है। बेबाक् टिप्पणी किसी को दुःख पहुँचाए या सुख, कतई परवाह नहीं। तत्काल भड़ास निकाल लेती है। हित-दुश्मन सबके लिए एक भाव। पीठ पीछे कुछ बोलने की कला उसे नहीं आती। जरूरत पड़ने पर किसी के पारिवारिक और चारित्रिक कुंडली के पुराने पन्ने पलटने में भी संकोच नहीं। मोहल्ले के इतिहास पर पड़ रही धूल की परतों को अकसर झाड़ने का काम करती रहती है। किसकी बेटी की शादी डोलकढ़ी (लड़के के घर लड़की ले जाकर शादी करना) और किसकी चढ़कर (लड़कीवाले के यहाँ बारात आना) हुई है। कौन मामी को रख लिया। कौन बच्चा टोला में अपने बाप की शादी के कितने माह बाद पैदा हुआ है। कौन अपनी भौजाई के कारण रोज मेहरारू को सोंटवसता है। किसकी फुआ भागी है। किसकी माँ अनजात है। कौन अपनी साली को ज्यादा दिन घर में रखता है। किसके खानदानी घर पर किसका कब्जा है और

किसका बाप-दादा कहाँ से भागकर आया है। प्रसंग के अनुसार सिलसिलेवार रख देती है मुरतिया। बस, कोई उसे छेड़ने की हिम्मत तो करे।

"ई बुढ़िया बिना मतलब कोई बात में टाँग अड़ावत। तोसे कौन सलाह ले हौ कि कितना लड़का पैदा करूँ। कौन टोकत कि मुसहर टोली में बहुते लड़का काहे पैदा लेत और दोसरे टोला में कम। बिन माँगे सलाह देत रहत हौ ई बुढ़िया।"

गमछे से पीठ झाड़ते गोपीचंद ने नाराजगी का भाव दरशाया।

"जाओ, हमका कौन लेवे-देवे का हौ। आगे कोई बात होत तो न कहना कि गोपीचनवा मुँह चोरवले था। अरे, हम तो सब काम टोलवे के लिए करत हौ। का साहेब ड्राइबरवा कोई दुश्मन है का हमर?"

गमछेवाले हाथ को अभिवादन की मुद्रा में ले जाते हुए गोपी ने कहा। मैंने थोड़ा सिर झुकाकर हिला दिया।

गोपी ने मुख्य सड़क से टोले की ओर रुख किया तो सभी लोग पीछे हो लिए।

"किसका लड़का है?"

लोगों के साथ चबूतरे की ओर लौटते हुए पूछा।

"साहेब, देकुमरा का बेटा हौ। ओकरे तो साले-साले बच्चा होत हौ।"

मुरतिया बताने लगीं।

"कितने लड़के हैं?"

"अभी कहाँ, चार।" दाहिने हाथ के पंजे को ऊपर उठाकर अँगूठा दबा दिया।

"एसे एक छोट और एक सोइरी (बच्चा पैदा होनेवाला कमरा) में। बड़की बेटी कचरा बीने गेल हौ।"

सभी बच्चों का हुलिया हाथ के इशारे से बताते हुए बोलीं।

"एका अचरा-पचरा शुरू। दिन भर बक-बक करत। बीच में हम एक शबद बोल देत, तो हमरे ऊपर पड़ जात। बुढ़िया का मुँह दरद नाहीं करत। हम जात हौ, नाहीं तो आज का दिन हमरे नाम ई कर देत। हूँउउ···।"

गमछेवाले हाथ से जाने का इशारा करते हुए गोपीचंद अलग होने लगा। लेकिन मुरतिया ने उसके जाते-जाते भी खबर लेलीं।

"जाओ न इहाँ से। बोलत का हौ। लागत कि पहाड़ तोड़े खतिरा जात हौ। अरे दिनपरूआ (आलसी), तू जेते कहाँ? मियाँ का डेरा मसजिद रमदुलरा के बेटा संग तास खेलत, नाहीं ता दारू पीअत। तू हमर बेटा-मरद रहत, तो तोके सीधा करके रख देत। नाती के लाज नाहीं लागत कि घर में जवान बेटा-पतोह हौ और दारू पीके लंगटे हो जात। भाग, भाग, भाग। हियाँ से जल्दी भाग।"

मुरतिया ने अपनी हथेली को उलटकर लगभग दुत्कारते हुए गोपी को जाने का इशारा किया। लगा कि गोपीचंद मुरतिया को गाली-बात न कर दे, लेकिन गोपीचंद बिना किसी जवाब के सिर्फ मुँह सुकड़ाकर 'ई बुढ़िया' शब्द का धीरे से उच्चारण कर बाईं ओर मुड़ गया। आखिर करता भी क्या, रिश्ते में मुरतिया बड़की माई जो लगती है। मोहल्ले के लोग बताते हैं कि गोपीचंद चाहे कितना भी नशा में रहे, लेकिन मुरतिया से नहीं उलझता। बचपन में इसकी माँ को दूध नहीं होता था तो इसी ने दूध पिलाकर जिलाया। आज मुरतिया की देन है उसका लंबा-चौड़ा शरीर। कभी-कभार गर मुरतिया को तेज आवाज में जवाब भी देता तो मुरतिया सहित मोहल्ले की महिलाएँ उस पर चढ़ बैठतीं।

"नतीऊ मुरतिए का देन हौ तोहर देह। एका भूल जैते, तो तोका पिलू पड़त, पिलू। ई नाहीं रहत तो तोहर बेमरिहा माई तोके जवान नाहीं करत।"

मोहल्ला में दारू पीकर रौब जमानेवाला गोपीचंद चुप्पी साध लेता और कहता, "हम बड़की माई को कबो बोलत हौ?"

आरोप मढ़नेवालों से ही हामी भरवाता।

"देकुमरा तो हरदम दारुए पीए में मस्त रहत। ओका कवनो गम-फिकिर थोड़े हौ। छोड़ू साहेब, बुरबक मरले अनकर फिकिरे। हमको का मतलब हौ। मुँह पर बोले खतिरा हम बदनाम रहत। साँच बात कहत तो लोग का चुभ जात। एमा हमर का दोष हौ। साँच तो साँच होत। लोग का खुश रखे खतिरा हम गाँव छोड़ देत का?"

नाक-भौंह सिकुड़ाते मुरतिया देवकुमार को कोसते हुए स्वयं अपना

मानक तय कर रही थी। तब तक सभी लोग चबूतरे के समीप पहुँच गए।

"सुमना? साहेब खतिरा दरी लाओ। भुजलिया के घर रखल हौ।"

उसने चबूतरे के किनारे खड़े एक बालक को आवाज दी।

बालक दौड़ गया। महिला-पुरुष और बच्चों सहित करीब 20-25 लोग चबूतरे के इर्द-गिर्द खड़े हो गए। सड़क की घटना से अनभिज्ञ अथवा जानबूझकर अनभिज्ञ बने कुछ लोग चबूतरे तथा चबूतरे के नीचे अपनी दिनचर्या में लगे हुए थे। प्रतीत हुआ कि कुछ देर पहले चबूतरे पर झाड़ू लगा है। यहाँ पिछले कुछ दिनों से रविवार को चबूतरे पर मेरा इंतजार होता है। टोले का यह चबूतरा ही यहाँ का सामुदायिक भवन, चौपाल स्थल और खाली समय का आश्रयदाता है। औसतन एक कमरे में सिमटे अपने पारिवारिक कुनबों के कारण ऐसे टोलों में दस-बीस लोगों के संयुक्त रूप से बैठने की कोई जगह नहीं होती। यहाँ बैठकर वे अपना दुःख-सुख बाँटने के साथ ही सामाजिक, आर्थिक व राजनीतिक परिदृश्यों को अपनी बुद्धि, आवश्यकता एवं सरोकार की दृष्टि से चित्रित करते हैं। सामान्य गाँवों के चौपालों में मात्र एक वर्ग, पुरुष या स्त्री ही बातचीत का हिस्सा बनते, लेकिन इन चबूतरों की चर्चा में पुरुष और महिलाओं सहित बालक, युवा और वृद्ध समान रूप से शामिल होते हैं। आखिर चंद जर्जर और आधे-अधूरे घरों के टोले में कितने दिन रह पाएगी दूरी और परदा। महिला-पुरुषों के बीच मौसमी मजदूरी और बेरोजगारी इस परंपरा को खाद-पानी मुहैया कराते हैं। मौसमी मजदूरी और निवालावृत्ति (जीविकोपार्जन हेतु कचड़ा या खेत में गिरे अनाज चुनना) पर आधारित महिला, पुरुष, बच्चे व युवा अहले सुबह से देर शाम तक अपने घर भोजन और सोने के अतिरिक्त इसी चबूतरे को आश्रय बनाते हैं। इन चबूतरों पर होनेवाली चर्चा किसी खास परिधि में नहीं, बल्कि उपस्थित समूह की तात्कालिक मनोवृत्ति एवं किसी के उकसावे पर निर्भर होती है। जीवन के कटु अनुभव, सरकार की सामान्य योजनाएँ, मौसम की बेरुखी, महिला-पुरुष संबंधों के अश्लील वर्णन और जन प्रतिनिधियों के विद्रूप चेहरे का जैसा चित्रण यहाँ होता, किसी भी बैठकखाने अथवा चौपाल में संभव नहीं है। यहाँ चर्चा में शामिल लोग समकालीन सोच, बढ़ते जीवन स्तर और

आवश्यकताओं की पूर्ति के लिए भागम-भागवाले दौर का सहचर नहीं, बल्कि दशकों पीछे चलनेवाले होते हैं। इनका भूत के प्रति बहुत पश्चात्ताप और वर्त्तमान के प्रति कोई खास नजरिया नहीं दिखता। जहाँ भूत के अवशेष और वर्त्तमान का धरातल ही नहीं, वहाँ भविष्य की इमारत खड़ा करने की जमीन आखिर आएगी कहाँ से? बस किसी तरह खाए, पिए और सो गए। पेशे के नाम पर मौसमी मजदूरी तथा मनोरंजन के नाम पर देशी शराब और स्त्री देह। देशी शराब इनके स्वास्थ्य और अर्थ, दोनों को तबाह करनेवाला। इन मोहल्लों की महिलाएँ मशीनी जीवन जीने को विवश हैं। यह जमात आर्थिक और व्यावसायिक दौर में बसर करते हुए भी समाज की आम गतिविधियों से अछूता है। न बेहतर जीवन की उत्कट अपेक्षा, न वर्तमान जीवन-शैली से कोई उलाहना। नियति के सहारे खींच रही जीवन-पद्धति में सामान्य परिवर्तन को ये महज संयोग मानते हैं। जीवन के प्रति उत्साह और मौत के प्रति संवेदना का फासला अन्य वर्गों की तुलना में सतही तौर पर यहाँ कम दिखते हैं। अधिकांश परिवार को पता नहीं कि इनके पूर्वज कहाँ से आकर यहाँ बसे हैं। इन परिवारों में कुछ का घर और परिवार के कुछ सदस्य ग्रामीण इलाकों में भी हैं। शादी-विवाह में इनका वहाँ आना-जाना होता है।

टोले के दो-तीन लोग अवैध शराब बेचते हैं, जिसमें उनकी महिलाओं की भी समान भागीदारी है। करीब दो दशक पूर्व ही इंदिरा आवास योजना के तहत आधे-अधूरे मकान बनवाए जाने के बावजूद कुछ परिवार अपने मकान बेचकर अन्यत्र पलायन कर गए। राष्ट्रीय उच्च मार्ग से सटे होने के बावजूद मोहल्ले में गंदगी की भरमार है। यहाँ सरकार द्वारा निर्मित शौचालय एवं स्नानागार कूड़ेदान का काम करते हैं। उसमें बने एक कमरे में अवैध शराब बिकती है। पुरुष एवं महिलाएँ दोनों ही सड़क के उस पार स्थित नहर में ही निबटते हैं। करीब 100 घर के मोहल्ले में किसी के घर शौचालय नहीं है। आधा दर्जन परिवारों के पास ही खाट और चौकी है। शेष परिवार धरती शयन परंपरा के वाहक हैं। पुरुष दिन में अलग-अलग जत्थों में मजदूरी के लिए जाते हैं। शाम में लौटने के बाद उनमें से अधिकांश अवैध शराब के आगोश में चले जाते। देर रात तक पत्नी व बच्चों के साथ मार-पीट तथा गाली-ग्लौज

के बाद भूखे व आधा पेट सो जाना इनकी दिनचर्या है। मोहल्ले के कुछ किशोर व महिला-पुरुष निवालावृत्ति (कूड़े-करकट से जरूरी चीजें बुनकर कबाड़ी की दुकानों में बेचना) करते। टोले के बच्चे अपनी सुविधानुसार कभी-कभार स्कूल जाते। इनके अभिभावकों तथा विद्यालय के शिक्षकों की भी मोहल्ले के बच्चों के नियमित स्कूल आने अथवा न आने के आकलन में कोई दिलचस्पी नहीं। शहर की चकाचौंध और आधुनिकता की होड़ के इस दौर में यहाँ जीवन रक्षक सुविधाओं के लिए जद्दोजहद है। प्रगति तथा ऐशो-आराम की चाह और शिक्षा की प्राथमिकता इन्हें किसी युवा की बजाय मोतियाबिंद के रोगी की नजरों से दिखाई देते। पूरे मोहल्ले में गिनती के एक बड़े और दो छोटे नीम के साथ पुराना अमरूद का पेड़। पेयजल सुविधा के नाम पर दो सरकारी एवं तीन निजी चापाकल। गलियाँ कच्ची-पक्की। नालों में भरे कूड़े, गंदे जल बहाव को जगह-जगह अनचाहे ही रोकते हुए अपनी दुर्गंध से वातावरण में होने का अहसास कराते, जैसे विकास की इस होड़ में अशिक्षा और देशी शराब इनके जीवन को। आधे से अधिक घरों में आज भी चारपाई, कायदे का बिछावन और बरतन नहीं हैं।

जानवर के नाम पर गंदे सूअर और देशी कुत्ते। आधे-अधूरे इंदिरा आवासों के बीच आड़ी-तिरछी गलियों में गंदगी। संकीर्ण गलियों में धमा-चौकड़ी करते सूअर के बच्चे। टोले के एक ओर सड़क का चौड़ा चाट और तीन तरफ घनी आबादी। आस-पास अनुसूचित जाति एवं निम्न-मध्यमवर्गीय पिछड़ी जातियों के अतिरिक्त गिनती के सवर्ण परिवार भी रहते हैं। इन परिवारों की निकटता के बावजूद उनके रहन-सहन व पहनावे से पूरी तरह दूरी है। मोहल्ले के बीचोबीच खड़े इस नीम के पेड़ की जड़ को आवरण देनेवाला चबूतरा पूरे टोले का सामुदायिक भवन है। वर्षों पूर्व एक उम्मीदवार द्वारा दी गई सामूहिक राशि को आपसी चंदे से मजबूत कर चबूतरे का निर्माण कराया गया था। धीरे-धीरे उसका फर्श टूटने लगा है। पेड़ की फैलती जड़ों के कारण चबूतरे में उभर आई दरारें पिछले चुनाव में प्रत्याशी के आश्वासन पूरा होने के इंतजार में है। बसंत के आगमन पर मदहोश शराबी की भाँति पेड़ की डोलती

टहनियाँ और टोले में चिल्ल-पों की आवाज बेमेल तारतम्य स्थापित कर रहे थे। चबूतरे पर बिछी दरी पर बैठते हुए एक बार सरसरी निगाहें चारों ओर दौड़ाई। अभी-अभी सड़क पर घटी घटना का असर समाप्त हो चुका था। सभी लोगों के बीच 'चबूतरे की चर्चा' के मजमून दृष्टिगोचर होने लगे थे।

खैनी मलते आ रहे गणेश मुसहर ने होंठ के नीचे खैनी दबाते हुए कहा—

"सलाम जी!"

"सलाम-सलाम!"

गणेश के अभिवादन के बाद चबूतरे के इर्द-गिर्द फिर नजरें दौड़ाईं।

दो-तीन लोगों को छोड़ सभी पुरुष शरीर को गंदे गमछों व चादरों से ढके एक-दूसरे से निगाहें मिलाए हुए थे। रविवार का दिन और सुबह के सात बज रहे होंगे। महिलाओं के समूह में कुछ चावल बीन रही तो कुछ दूसरे के सिर से जूँ निकालते अपने पड़ोसियों के चरित्र-चित्रण में मशगूल। दो-तीन बच्चे एल्यूमिनियम के कटोरे में रखी बासी रोटी और नमक-तेल तो कुछ सुबह-सुबह ही माँड़-भात सटका रहे थे। नंग-धड़ंग बच्चों के पेट उनके शरीर एवं उम्र की तुलना में बड़े और बेडौल लग रहे थे। शायद कुपोषण का प्रभाव था। कितनी विषमताएँ हैं। उच्च एवं मध्यमवर्गीय परिवार के इस उम्र के बच्चों को खिलाने के लिए उनकी माताओं को कितनी परेशानियाँ उठानी पड़तीं हैं। यहाँ तो दो से सात-आठ साल तक के बच्चे अपने हाथों ही मुँह, नाक और गरदन को भोजन कराते पेट भर रहे। हाथ से छुटी रोटी को पुनः जमीन से उठाकर दूसरी तलहथी पर धूल झाड़ते हुए भोजन का क्रम टूटने नहीं देते। पौष्टिक आहार, स्वच्छता एवं कैलोरी आदि की गणना और वर्जना के झंझट से कोसों दूर एक अधेड़ महिला चबूतरे के किनारे अपने पुराने कपड़ों को सलीके से रखकर लेदरा सी रही। प्रत्येक रविवार को वे इसी समय पर मेरा इंतजार करते हैं। पहुँचते ही समस्याओं का पिटारा खोल देते। किसी को पेंशन तो किसी को राशन की समस्या। कई महिलाओं की शिकायत है कि उनके शराबी पतियों को डाँट-फटकार नहीं लगाते हैं। पुलिस से भी नहीं पिटवाते हैं।

"क्या हाल है टोले का?"

मुकुर की ओर इशारा करते हुए पूछा।

मुकुर के साथ दो-तीन लोगों ने 'ठीक है' के प्रत्युत्तर के साथ दसों उँगलियाँ जोड़ लीं।

करीब आधा दर्जन लोग, जिनमें कुछ साक्षर भी थे, चारों ओर एकत्रित होकर देखने लगे कि क्या लिख रहा हूँ। मनाही पर सब लोग इधर-उधर हो गए। इत्मीनान हुआ। लिखने की औपचारिकता निभाते हुए सिर झुकाए ही दो-चार बातें करना मुनासिब समझा। एकमात्र मकसद था, 'आज के चबूतरे की चर्चा' को कलमबद्ध करना, जिसकी सोच पिछले काफी दिनों से मन में थी। वर्षों से मुसहर टोली का रहन-सहन, आपसी मेल-जोल एवं परंपरागत दिनचर्या नजदीक से देखने का अवसर मिला है। इसे कलमबद्ध करने की योजना को मूर्त्त रूप देने जा रहा हूँ। प्रयास है कि एक दिवसीय इस 'चबूतरे की चर्चा' में इनकी दिनचर्या, जीवन-स्तर, सामाजिक, आर्थिक एवं राजनीतिक परिवेश की चर्चा को यथावत् लिपिबद्ध करूँ। आम लोगों के बीच रहनेवाली मुसहर जाति के परिवारों को आर्थिक बदहाली और अशिक्षा ने समाज के हाशिए पर डाल दिए हैं। बावजूद इनमें 'हाशिए पर हसरत' का पुष्ट बीज अंकुरित हो चुका है, जो लगातार सरकारी एवं सामाजिक प्रोत्साहन के बाद आनेवाले दशकों में निश्चित रूप से पौधे का आकार ग्रहण कर लेगा। चबूतरे पर बैठी महिलाओं की ओर नजरें घुमाईं।

"माँ, कैसी है रूनिया?"

बात टोले की विधवा शिवझारो की तबीयत से प्रारंभ किया। बगल में उसकी बेटी रूनिया बैठी थी। महीन कंघी से अपनी जूँ निकाल रही शिवझारो की बेटी ने कातर दृष्टि दौड़ाई। सबकी निगाहें उस पर टिक गईं।

"माई पहिले से ठीक हौ। अब बुखार रह-रह के आवत हौ।"

"दवा चल रही है?"

"गोलियावाली दवाई (टेबलेट) खतम हो गेल हौ।"

"क्या कह रही है माँ?"

"ऊ कुछ बोलत नाहीं हौ। दिन-रात कहरऽ (कराहना) हई। ओके माड़-भात देली, तो कहऽ हई कि मुँह फीका भेल हौ। कुछ न खा-पी हई। हम ओके बरी-पकौड़ी कहाँ से लाके देऊँ? पास बइठले पर बिखनी-बिखनी (भद्दी-भद्दी) के गाली पढ़ऽ हई।"

बाल से कंघी निकाल उस पर आँखें गड़ा दी रूनिया ने। शायद लीख या जूँ हाथ लग जाए। ग्यारह से बारह साल की रही होगी रुनिया। मटमैली फ्रॉक के टूटे बटन से झाँकती किशोर देह। घुटने के ऊपर तक जमी धूल। खेलने-खाने की उम्र में गृहस्थी की गंभीर चिंता पर बाल मन हावी। तभी तो बोली—

"हम ओके बरी-पकौड़ी कहाँ से लाके देऊँ?"

"माँ है, उसके पास जाकर बैठो। बीमारी में आदमी को सहारे की जरूरत होती है। वैसे भी तबीयत खराब होने पर भूख चली जाती है। बात-बात पर गुस्सा आता है। घबराने की जरूरत नहीं, उनकी सेवा करो।"

रूनिया को समझाया।

"साहेब, हम ओकरे लगे बैठल रहूँ, तो खाना कहाँ से अइते, घर में कुछ न हौ। खाना जुटाऊँ कि दवाई? हमका तो बुझइते न हे।"

'साहेब' संबोधन से बात करते हुए रूनिया ने तपाक् से जवाब दिया।

"दवा सरकारी अस्पताल से ले लो। उन्हें स्नान कराकर घर से बाहर बैठाओ। मन बदलेगा।"

मैंने सलाह दी।

"साहेब, कुछ न सुनत हौ। कल से कह के थक गेली। हम कुछ बोलऽ ही, तो ऊ फटर-फटर गालीय बकऽ हई। ओके खतिरा चटक-मटक चीज कहाँ से लाऊँ? अगलो-बगल तो कवनो घर एह छण कुछ न बनत कि माँग के खिला देऊँ।"

कंघी में फँस आई एक बड़ी जूँ को चुटकी से निकालकर दोनों अँगूठे के नाखूनों के बीच दबाते हुए बेरुखी से बोली, "बातचीत के क्रम में कंघी करना रोक दे रही थी, लेकिन कंघी करते समय भी उसकी निगाहें प्रश्नों के प्रति उत्सुकता दिखा रही थीं।

"आप रूनिया की मदद क्यों नहीं करतीं? आपकी तो बात मानती हैं शिवझारो। पानी गरम करके स्नान करवा दीजिए। खाने-पीने का भी देख लीजिए। अकेले रूनिया अपनी माँ का कितना कर सकती है?"

बगल में अपने पोते को गोद में लेकर बैठी कबूतरी से शिवझारो को समझाने तथा गरम पानी कर नहलाने की बात कही।

"हमनी सब कह के थक गेली। ऊ कोई का बात न मानऽ हई। बस दिन-रात कहरऽ हई। आठ दिन से नहायल न ही। झोंटा (बाल) तो लटिआयल हौ। घर में घुसते बेतरह महकऽ हई। लगत कि क्रिया-करम (शौचादि) भी घरे में करऽ हई का?"

कबूतरी ने शिवझारो एवं उसके घर की स्थिति का वर्णन करते हुए कहा।

"आप क्यों नहीं अपनी उम्र की दो-तीन महिलाओं को लेकर उनके घर की सफाई कर देतीं हैं। आस-पड़ोस में रहती हैं। दु:ख-सुख में पड़ोसी ही तो काम आते हैं। थोड़ी मदद करने में क्या परेशानी है? लगातार कराह रही हैं, इसका मतलब परेशानी अधिक है।"

"बाबू, ई जात में इहे तो कमी हौ। एक के परले-हरले दोसर नाहीं पूछत। दोसर जतिया में ई बात नाहीं हौ। गरीबी तो एक पै (दोष) हौ ही, आपस के मुँह फुल्लौअल भी मुसहर टोली खतिरा काल हौ, काल।"

अपने पोते की नाक पोंछते हुए कबूतरी ने कहा, "लेकिन नजर नहीं मिला पाई।" एहसास हुआ कि शिवझारो से उसकी बोलचाल नहीं है। कबूतरी और शिवझारो दोनों एक ही गाँव भलुआनी की रहनेवाली हैं। दोनों की शादी भी एक ही साल हुई थी। शिवझारो का पति एकराम लगातार कच्ची शराब पीने से अपना लीवर गँवा बैठा। इलाज में बाधक बनी गरीबी और कच्ची स्प्रीट से बनी अवैध शराब ने शादी के दस-बारह साल बाद ही शिवझारो देवी को शिवझारो कुँवर (विधवा का संबोधन) बना दिया। मोहल्लेवालों की 'बेचारी विधवा शिझारो'। इस क्षेत्र में अकसर महिलाएँ दो-तीन उपनामों के साथ अपना जीवन व्यतीत करती हैं। शादी के पहले कुमारी। शादी के बाद देवी और दुर्भाग्यवश वैधव्य ने अपने आगोश में ले लिया तो कुँवर। सधवा

औरतों का 'देवी' और विधवा महिलाओं का 'कुँवर' सरनेम जीवनपर्यंत एवं मृत्योपरांत भी सहचर बना रहता है। कबूतरी के पति यदु कभी-कभार शराब पीते थे। पिछले साल टी.बी. से मरे। शिवझारो और कबूतरी दोनों के बी.पी. एल. में नाम के बावजूद 'परिवार लाभ योजना' के रुपए नहीं मिले। कई बार कलेक्टरी और ब्लॉक के चक्कर लगाए। बिचौलिए को भी दो-दो सौ रुपए दिए, लेकिन कोई फायदा नहीं। गनीमत रही, पिछले साल मुख्यमंत्री नीतीश कुमार के आगमन पर चले 'विशेष सामाजिक सुरक्षा पेंशन' अभियान में दोनों को एक साथ 'लक्ष्मीबाई विधवा पेंशन' का लाभ मिल गया। अभी तक दो बार मिली है पेंशन। पाँच से छह माह बाद दो सौ रुपए की दर से मिलनेवाली यह राशि सुकून दे जाती है।

"आपके बेटों का क्या हाल है? मंगरुआ शराब पीना कम कर रहा है कि नहीं?"

कबूतरी से सवाल किया। कबूतरी के दो बेटे हैं। बड़ा ठेला चलाता है, दूसरा पल्लेदारी का काम करता है। बड़ा बेटा कभी-कभार शराब पीता है, लेकिन छोटा बेटा मंगरुआ नियमित रूप से। जिस दिन मंगरुआ बिना शराब पीए घर आ जाता, सौखिन का मँझला बेटा देशी पाउच पहुँचा जाता है। बोलता है, "हिसाब कौन भागे जा हौ।" करीब दो साल से यह सिलसिला जारी है। सौखिन का मझला बेटा मोहल्ले में अवैध शराब बेचता है। उधार—पाइंच पिलाकर भी अपने ग्राहक बनाए रखता है। कबूतरी कई बार सौखिन की पत्नी से शिकायत कर चुकी है। गाली-गलौज के साथ उलाहना भी दे आई है—

"जे दिन हमर मंगरुआ शराब पीके नाहीं आवत, तोहर बेटा के करेजा काहे फाटत? तोर बेटवा कवनो बहाने ओके शराब दे जात हौ। काहे नाहीं हमर पोतवा के पावभर दूध भेजवा देत? नाती, हमर आबाद घर बरबाद करेका कसम खइले हौ। पुलिसवा आवऽ हे, तो हमरे घर लुकायेला भाग के आवत। अबकी नाती के जोर-जोर से चिला के न पकड़वा देली तो हमरो नाम कबूतरी ना…।"

अकसर सामान्य दिखनेवाली कबूतरी के चेहरे पर तनाव स्पष्ट झलकने लगा। अपनी आँचल सँभालते हुए कहने लगी—

"जानत हौ बाबू! पुलिसवाला भी झूठ-मूठ का पकड़े आवत। शराब बेचेवाला का जब पकड़ लेत, तो छोड़ काहे देत? मोहल्ला में सब कहत कि ऊ सब महीना बँधले हे। जे महीना न पहुँचावत, ओके घर हीं छापामारी करत। पकड़ के ले जात और सब हिसाब चुका के छोड़त। ई शराब बेचल कभी बंद होत का, जब तक पुलिसवाला न चाहत। सरकार को चाहत कि जो चोरी से शराब बेचत ओके बाल-बच्चा समेत जेल में सड़ा देत। शराब से पैसा का बरबादी छोड़ और का हौ। नास का घर हौ शराब।"

एक साँस में पुलिस और अवैध शराब बिक्री करनेवालों के बीच के गठजोड़ की कलई खोल दी कबूतरी ने। यहाँ के लोग अलग-अलग संबोधनों से मुझे संबोधित करते। कोई नाम के बाद बाबू तो कोई सिर्फ बाबू और कोई साहेब। एक-दो महिलाएँ चाचाजी तो कुछ बुजुर्गों के मुँह से मालिक भी निकल जाता है। यहाँ ब्याही एक-दो बुजुर्ग महिलाएँ बबुआजी भी कहतीं। बार-बार मना करने के बावजूद वे सीधा मेरे नाम से संबोधित करते हुए बात नहीं करते।

"शिवझारो आपकी गाँव की हैं। उनके लिए कुछ कर रही हैं कि नहीं? आप तो इस टोले की समझदार महिला हैं। एक साथ रहने पर कभी-कभी नोक-झोंक होती रहती है। दुःख-सुख में छोटी-छोटी बातों को भूल जाना चाहिए। जाकर उन्हें देखिए।"

मैंने कबूतरी से कहा।

"गाँव की नाहीं बाबू, ऊ हमर चचेरी बहन हे। दुनों का अँगना अभी एकै हौ। शिझारो 'दी' हमसे उमर में दो महीना बड़ हौ। ऊ कुछ बोलत भी, तो हम ओका जवाब नाहीं देत हौ। आज तक दोनों बहन में झोंटा-झोंटी का नौबत नाहीं आयल। दुःख-सुख में हम कबो ओका साथ नाहीं छोड़े। नैहर से कोई समान आवत तो हम भाई-भतीजा से बोल देत कि पहले शिझारो दी के घर दे आओ। रूनिया को भी अपन बेटी से कम नाहीं मानत हौ। एसे पूछ

लौ बाबू। सामने हौ। कोई बात पर ई मौसी के पास पहिले आवत। बाद में टोला में कोई का घर जात।"

अंतिम वाक्य से पहले अपने सीने की ओर तथा अंत में हथेली उलटते हुए कहा। उनकी आवाज भारी होने लगी। अचानक एकदम सामान्य और संवेदनशील हो गई कबूतरी। रूनिया और कबूतरी की नजरें एक-दूसरे पर सवाल-जवाब के आदान-प्रदानवाली मुद्रा में आ गईं। रूनिया का कंघी लिये हाथ आँखों की सीध में आकर ठहर गया। अपलक नजरें मौसी पर गड़ गईं। कृतज्ञता का शाब्दिक अर्थ समझे बिना रूनिया के चेहरे के भाव सबकुछ कह गए।

"आप लोग जाकर शिवझारो को देख आइए। संभव हो तो घर की साफ-सफाई करा दीजिए। अगर तैयार हो जाएँ तो ले चलिए, किसी डॉक्टर को दिखा देते हैं।"

कबूतरी की ओर इशारा करते हुए कहा।

"हम का कहें बाबू! ऊ तो हमका देख मुँह फेर लेत हौ। हम कैसे ओके पास जाएँ? पता नाहीं हमसे काहे नाराज भेल हौ। रूनिया से पूछ लौ बाबू, हम आज तक ओके एक सबद कभी बोलले होत। आन-जान कभी नाहीं छोड़े।"

"नहीं, ऐसा नहीं कहिए। जब आदमी की तबीयत खराब होती है, अच्छी बात भी बुरी लगने लगती है। रोगी के गुस्से पर ध्यान नहीं देना चाहिए।"

"साहेब, आपे चलूँ। माई के देख लो। आपके ऊ कुछ न बोलत। हमन सबके तो गलियावे लागत हौ। मौसी भी गाली के डर से ओके पास न जात हौ।"

रूनिया मुझसे कहकर कबूतरी की ओर देखने लगी। माँ के प्रति ममता, मेरे प्रति विश्वास और मौसी से लगाव। रूनिया के प्रस्ताव के बाद सबकी नजरें मुझ पर टिक गईं। मन असमंजस में पड़ गया। आखिर क्या करें? मुसहर टोले की रोगी और सउरीवाले कमरे की सड़ाँध जेहन में आते ही भीतर से उबकाई-सी महसूस करने लगा। करीब दो साल पहले दशईं मुसहर को टी.बी. होने पर उसके घर गया था। घर क्या, आधा-अधूरा इंदिरा आवास।

बिना दरवाजावाले करीब अस्सी वर्ग फीट का कमरा। काले कंबल में लिपटे दशईं का काला चेहरा ठीक से दिख भी नहीं रहा था। ढिबरी के प्रकाश में सरसरी निगाह से कमरे का मुआयना किया था। सामान के नाम पर एक एल्यूमिनियम का लोटा, कोने में दो फीट लंबा एवं एक फीट चौड़ा मटमैले रंग का बिना ताले का बक्सा। दीवार पर बाँस के करीब पाँच फीट लंबे टोने से बना रेंगनी, जिस पर पाँच-छह पुराने कपड़े टँगे थे। एक कोने में मिट्टी के चूल्हे पर रखी लोहे की काली कड़ाही। चूल्हे के बाहर तक पसरी राख। एल्यूमिनियम के बटलोही में स्टील के दो-तीन गिलास और कटोरे। प्लास्टिक का मग और दो छोटे-छोटे तसले। भयंकर दुर्गंधयुक्त कमरे के करीब आधे भाग में बिछे पुआल पर एक लेदरा के ऊपर पड़ा दशईं कराह रहा था।

धँसी हुई आँखों से झाँकती निरीहता बता रही थी कि उसने कई दिनों से खाना तक नहीं खाया है। होंठ पर छाले पड़े हुए थे। कई दिनों से लगातार ओझैती (झाड़-फूँक) के बाद ओझा-गुनी थककर भगवान् का नाम लेने की अमूल्य सलाह दे चुके थे। गनीमत रही कि मोहल्लेवालों की मदद से उसे टी.बी. अस्पताल में बारह दिन भरती कराने में मुझे सफलता मिली थी। अस्पताल से लौटने के बाद छह माह तक लगातार सरकारी अस्पताल की दवा चली। दशईं पूरी तरह स्वस्थ होकर छूटे मुँह करीमन ओझा को गाली देता रहा। उसकी पत्नी आज भी करीमन ओझा पर छवना (सूअर का छोटा बच्चा) चढ़ाने के लिए दिए 150 रुपए का दावा ठोंकती है। उसका आरोप है कि दशईं पर डायन का प्रकोप उतारने के लिए करीमन को छवना खरीदकर चढ़ाने हेतु पैसे दिए थे, लेकिन उसने नहीं चढ़ाया। अगर करीमन छवना की पूजा कर दिया होता, दशईं ठीक हो जाते। वह पैसा लेकर खा गया, जिससे देवता नाराज हो गए। मोहल्ले के कई लोगों ने भी दशईं की औरत को सलाह दी थी कि करीमन पैसा लेकर खा जाता है। जो अपने से छवना खरीदकर सामने पूजा कराता है, उसी की पूजा हो पाती है। अन्यथा करीमन पैसे से शराब पीकर कह देता कि छवना चढ़ गया।

"चलूँ न साहेब, माई के देख लौ। मौसी भी चलत।"

एक बार फिर रूनिया ने आग्रह किया और मौसी पर निगाहें टिका दीं।

कबूतरी ने भी सहमति के बतौर सिर को झटका दिया। आग्रह ठुकराने की हिम्मत नहीं हुई। कबूतरी भी शायद यही चाहती थी।

"ठीक है, चलिए।"

रूनिया को जैसे कुछ मिल गया। चेहरे पर तत्काल संतुष्टि के भाव। चबूतरे पर ही खड़े होकर फ्रॉक झाड़ी और कंघी में उलझे बाल को साफ कर कबूतरी के पोते को गोद में लेने लगी। बच्चे ने पहले ना-नुकर किया, लेकिन कबूतरी ने उसे गोद में डाल लिया। हाफ पैंट और सैंडो गंजी पहना बच्चा भी बिना प्रतिकार के सबका चेहरा देखने लगा। रूनिया हाथ की कंघी बच्चे के सिर पर घुमाने लगी। मैंने असमंजस के बीच भारी मन से चलने की हामी भर दी। उठने से पहले कबूतरी से नजरें मिलीं। चबूतरे पर बैठे आधा दर्जन से अधिक महिला-पुरुष साथ हो लिए।

"किधर है तुम्हारा घर?"

आँख और तर्जनी के संयुक्त इशारे के साथ रूनिया से पूछा।

"उधर।"

गोद में लिये बच्चे को थोड़ा आगे उछालते हुए रूनिया ने प्रत्युत्तर में आँखों से इशारा किया। चबूतरे से उतरकर आगे-आगे चलने लगी। पीछे से कबूतरी, उसके पीछे मैं और मेरे पीछे कुछ लोग। चबूतरे की बाईं ओर से गली में प्रवेश किया। सँकरी गली में वर्षों पूर्व का ईंट सोलिंग अपना वजूद खोने की तैयारी में था। ऊपरी सतह पर मिट्टी की परतें एहसास करा रही थीं कि दो नंबर ईंट से वर्षों पूर्व मेरे वजूद को चुनौती दी गई थी, लेकिन समय के चक्र के साथ पुनः मूर्त रूप में आ चुकी हूँ, यानी मिट्टी पर चढ़ी ईंट और ईंट पर पुनः मिट्टी और कूड़ा-करकट। गली के मुहाने पर करीब पाँच साल का एक नंग-धड़ंग बच्चा शौच क्रिया के साथ एक पिल्ले को दुलार रहा था। रूनिया के 'धत' की आवाज पर पिल्ले को गोद में उठाये वह बच्चा किनारे सट गया। गली के बीचो-बीच उसके पखाने से कई लोगों ने एक साथ बचने का इशारा किया। शौच कर रहे बच्चे की माँ को लपेटते भद्दी गाली कान तक पहुँची। मैंने अनसुना कर दिया। महिलाओं की ओर से भी कोई प्रतिक्रिया

नहीं हुई। दो कदम बढ़ने पर साथ चल रही एक महिला ने सिर्फ इतना कहा, "कोई डाँटवाला न हौ यह सबका। पूरा सड़क और नहरी छोड़ के गलिए में गंदा करत।" अभी दस कदम भी नहीं बढ़े होंगे कि 'छपाक' की आवाज आई। एक अधेड़ महिला ने गली में माँड़ फेंका। सब लोग एकाएक ठिठक गए, लेकिन किसी को छींटा नहीं पड़ा।

"मउगी बिन देखे गली में कुछो फेंक देत हौ। अरे, आग-पाछ देख के कोई काम करे का चाही। अभी साहेब के देह पर पड़ जात तब?" कबूतरी ने कहा।

माँड़ फेंकनेवाली महिला पश्चात्ताप के साथ हाथ में बरतन लिये अपने बरामदे में खड़ी देखती रह गई। अलबत्ता साड़ी के सहारे एक हाथ से आधा मुँह ढक लिया। गली दाहिनी ओर मुड़ गई। साथ चल रहे लोगों की आहट पर आगे खड़ी एक महिला लगभग घूरने के अंदाज में निहार रही थी। वह घुटने तक साड़ी उठाए और पल्लू को कमर में खोंसे हुए थी। लगा, कत्थक नृत्य की तैयारी में है। चेहरे के बाल आपस में उलझे हुए। हाथ में प्लास्टिक की छोटी बाल्टी। नजदीक जाने पर लगा, वह अपने दरवाजे के बाहर बने हौदे से नाली में गंदा पानी उलीच रही है। बिना नालीवाली इस गली में करीब दस फीट के दायरे में सड़े अनाज युक्त गंदा पानी पसर गया था, जिससे दुर्गंध आ रही थी। इच्छा हुई कि नाक पर रूमाल रख लें, लेकिन हाथ पॉकेट की ओर नहीं बढ़ा। साथ चल रही एक अधेड़ महिला ने अपनी नाक पर अँगूठा और तर्जनी सटा दी।

महिला ने कबूतरी से नजर मिलाकर हाथ के इशारे से प्रश्न किया। उसी अंदाज में कबूतरी ने जवाब में रूनिया की ओर इशारा किया। दो-तीन और घरों से महिलाएँ निकलकर देखने लगीं। अचानक दो-तीन सूअर के बच्चे चें चें चें···करते दाईं ओर से निकले। साथ चल रहा एक आठ-नौ साल का बच्चा उन्हें मारने के लिए दौड़ा। 'धत साला!' विपरीत दिशा से आ रहे जोखन मुसहर ने बच्चे को कोसा।

"कहाँ भौजी?"

कंधे पर रामी (मजबूत लाठी के अगले हिस्से में धारदार और चपटा

लोहा, जिससे ये लकड़ी काटने, चूहे का बिल खोदने और भारी सामान कंधे पर लटकाने का काम लेते हैं। झगड़ा-लड़ाई होने पर यह लाठी और भाला दोनों का काम करता है। प्रत्येक परिवार में कम-से-कम एक और कई घरों में हर सदस्य के पास होता है।) लिए जोखन ने पूछा।

"शिझारो दी के यहाँ"

"हाँ, तू कहाँ जात हौ ?"

"इन्हना (ईंधन) खतिरा"

जोखन आगे बढ़ गया। इस मोहल्ले के लोग भोजन बनाने के लिए सड़क के किनारे सरकारी पेड़ों की सूखी डाल काटकर या कभी-कभी तने के एक भाग को रामी से खरोंचकर ईंधन तैयार करते हैं। सड़क के चाटों में मौजूद बेहया के सूखे पौधे को भी तोड़कर उपयोग में लाते हैं, जो स्वास्थ्य के लिए हानिकारक बताया जाता है। नमीवाले मौसम में इसे घर लाकर छिलके निकाल देते हैं, ताकि जल्दी सूख जाए। निजी पेड़ों से भी सूखी लकड़ियाँ लग्गी से (हल्के लंबे बाँस के ऊपरी सिरे पर करीब आधा फीट की गुल्ली बाँधकर) निकाल लेते हैं।

रूनिया बाईं ओर गली से करीब एक फीट ऊँचे बरामदे में मुड़ी। करीब सात फीट लंबा और आठ फीट चौड़ा बरामदा। सामने से पूरी तरह खुला। टूटे कुंडीवाला एक पलिया (एकतरफा) दरवाजा अपने पीछे कमरा होने का संकेत दे रहा था। बरामदे में करीब तीन फीट पर दोनों ओर कालिख से ढका तख्ता और एक कोने में उदास पड़ा एकछिया मिट्टी का चूल्हा। बिना प्लास्टर के बरामदे की छत से कई मुरचाई लोहे की छड़ अपने साथ गृहस्वामिनी की बेबसी को बयान कर रही थी। सामान्य घरों में युवा लगते, लेकिन यहाँ तो किशोरी रूनिया की तरह मजबूरी में उम्र पर हावी।

कबूतरी ने रूनिया को इशारा किया। रूनिया ने आगे बढ़कर दरवाजे को धक्का देते हुए आवाज दी।

"माई! साहेब तोरे देखे आइल हौ।"

कबूतरी दरवाजा पूरी तरह खोलकर शिवझारो के सिरहाने चली गई। बोरे की टाट पर लेदरा बिछाकर जमीन पर पड़ी शिवझारों ने सिर घुमाया।

शरीर पर ओढ़ी छींटदार साड़ी हटाकर उठने का प्रयास किया। कबूतरी ने इस प्रयास में गरदन पकड़कर सहयोग किया।

'आह, आह, आह!' के साथ उठने का प्रयास किया। बैठते ही काँपते दोनों हाथ जोड़कर अभिवादन किया। मुँह से कोई आवाज नहीं निकाली, साथ गए लोग भी बारी-बारी से कमरे में प्रवेश करने लगे।

"तू सब बाहरे रहो। का भीतरा अरराइल आवऽ हौ। एकरे तू सब देख ले न हौ का?"

अपने घुटने और एक हाथ के सहारे शिवझारो को बैठाए कबूतरी ने दूसरे हाथ से लोगों को बाहर निकलने का इशारा किया। मैं दरवाजे से करीब दो फीट अंदर चला गया। वर्षों से प्लास्टर के इंतजारवाले इस अधूरे इंदिरा आवास में दिन के उजाले में गोधूलि वेला का एहसास हो रहा था। कमरे में उबकाई लानेवाली दुर्गंध। चबूतरे पर 'कमरे में क्रियाकर्म' करनेवाला वाक्य पूर्वग्रह के साथ नथुने में समाया हुआ था। बात सही भी लगी।

"दवा खा रही हैं?"

उसने सहमति में गरदन हिला दी।

"नाहीं साहेब, कल्हे से कोई दवा न खा हे।"

तपाक् से रूनिया बोली। शिवझारो ने लगभग आँख तरेरते हुए उसे घूरा, लेकिन बोली कुछ नहीं।

"आप ठीक हो जाइएगा। नहा-धोकर डॉक्टर के यहाँ चलिए। पैसा नहीं लगेगा। केवल चलने के लिए तैयार होइए। सामान्य बुखार है। दो-तीन दिन में ठीक हो जाएगा।"

कमरे में सरसरी निगाह दौड़ा दी। कुल मिलाकर दशईं मुसहर के घर जैसी स्थिति। कोने में पड़ा मटमैला बक्सा शायद शादी के वक्त मिला होगा। एक छोटी बोरी में अनाज जैसा कुछ लगा। कमरे में भी एक चूल्हा दिखा, जिसकी राख अभी निकाली नहीं गई थी। रात में रूनिया ने कुछ बनाया होगा। एक कोने में राख पर उलटकर रखी गई थी काली हँड़िया। दीवार पर लकड़ी की दो बड़ी-बड़ी खूँटी पर कुछ मैले-कुचैले कपड़े टँगे थे। बरतन के नाम पर एक तसला, बिना मँजी काली कड़ाही और एल्यूमिनियम की दो-तीन

थाली। चूल्हे के बगल में जूटवाले बोरे से कुछ ढका हुआ था।

"इन्हें बाहर निकालकर गुनगुने पानी से स्नान कराइए और घर की सफाई कर दीजिए। आधा रोग तो यों ही ठीक हो जाएगा। आप लोग मदद कीजिए। रोग-ब्याद में साफ-सफाई जरूरी है।"

कबूतरी के साथ अन्य लोगों की ओर भी इशारा किया।

शिवझारो के घर में खड़े-खड़े कई विचार उठे। समाज में साधन के साथ जागरूकता भी जरूरी है। हाल ही में ऑस्ट्रेलिया से आई ज्योत्स्ना और उसके पति मार्शल डी की बातें अचानक दिमाग में कौंध गईं। बता रहे थे।

"वहाँ छात्र, बेरोजगार एवं वृद्धों के लिए निःशुल्क बस यात्रा एवं इलाज सहित अनेक सुविधाएँ उपलब्ध हैं। सरकार इनका पूरा खयाल रखती है।"

सामाजिक सुरक्षा योजनाएँ तो भारत में भी हैं, लेकिन काश! इस मुल्क में भी सरकारी सुविधाओं का शत-प्रतिशत लाभ इन गरीब परिवारों तक पहुँच पाता। शिवझारो के घर से चबूतरे पर लौटने के क्रम में कुछ बच्चे और महिलाओं की संख्या बढ़ गई। एक महिला झाड़ू लेकर शिवझारो के घर की ओर आती दिखी। गली के दोनों ओर नजरें दौड़ाईं। एक भी इंदिरा आवास पूर्ण नहीं। कई आवास अपूर्णता की स्थिति में ही जीर्णता प्राप्त कर चुके थे। हाँ, जिस महिला ने माँड़ फेंका था, लौटते वक्त गली में झाड़ू लगा रही थी। जो बच्चा कुत्ते के पिल्ले के साथ खेलते हुए शौच कर रहा था, अब वहाँ नहीं था। गली साफ दिख रही थी। आश्चर्य हुआ।

अपने घर के बरामदे में सब्जी-भात खा रहे दिलीप ने मुसकराते हुए आवाज दी।

"आइए सर! एक दिन गरीब का तरकारी-भात भी चलाइए। रोज तो चटक-मटक खाते हो।"

सहजन और आलू की रसदार सब्जी के साथ खड़े किनारों की एल्यूमिनियम की थाली में पालथी मारकर भोजन कर रहे दिलीप ने कहा।

"किसी दूसरे दिन हम लोग साथ भोजन करेंगे। आज तो आपने शुरू कर दिया है।"

"क्या हाल है आपके धंधे का, रिक्शा से तो ठेले में कम मेहनत और अधिक पैसा है। पहले से अच्छा लग रहा है न?"

रुककर बात करने लगा।

"साहेब, ठीके हौ। ठेला-टमटम का कुछ कहे का हौ। सिजन में ठीक हौ, नाहीं तो झख मारो। ठेला में रिक्शा से मिहनत तो कम हौ, लेकिन भाड़ा के गारंटी नाहीं हौ। ई धंधा में सबसे बड़ी समस्या बेलगामवाली गड़ियन से हो, गेल हौ।"

"बेलगामवाली गाड़ी, यह कौन सी गाड़ी है?"

"अरे साहेब, पुराना ठेला मा मोटर लगा के जो चलावत हौ, ओके 'बेलगामवाली गाड़ी' कहल जा हौ। हाथ से भी चलत और मोटर से भी फुट, फुट, फु···। बगैर लाइसेंस और लगाम का।"

"अच्छा, समझ गया। मोटर से चल रहे ठेले की बात आप कर रहे हैं। इससे आपको परेशानी क्या है? मोटरवाले ठेलों से तो अधिक सामान लादकर दूर ले जाते हैं। आप लोग हाथ ठेला से नजदीक का सामान पहुँचाते हैं। दोनों का अलग-अलग काम और भाड़ा है।"

"नाहीं साहेब! वो सब छोटका भाड़ा भी कर ले रहल हौ। हमन का बड़का भाड़ा तो नाहीं करब। ई मोटरवाला ठेला के कारण हाथ ठेला का भाड़ा बहुते कम हो गेल हो, लेकिन बइठल से बेगारी भला" कहते हुए कौरवाले हाथ को मुँह से सटा लिया।

"ठीक है, आप खाना खाइए। हम लोग चबूतरे पर चलते हैं।"

"ओहरे कहाँ से आवत हौ?"

"शिवझारो कुँवर के यहाँ से।"

"अरे, दवा-बीरो खात नाहीं तो का होत। ओके रोग अब ठीक होखेवाला नाहीं हौ। खटपरू (बेड पकड़ लेना) हो गेल हौ। हम तो कहत कि सरकारी अस्पताल में डाल देवे का जरूरत हौ, लेकिन ई सब नाहीं सुनत हमर बात।"

कबूतरी की ओर इशारा करते हुए दिलीप ने कहा।

"आप भी प्रयास कीजिए। देखते हैं, ये लोग क्या करते हैं।"

सब लोग चबूतरे की ओर बढ़ गए।

अभी चबूतरे के समीप पहुँचने ही वाले थे कि तीन-चार युवक एक बड़े सूअर का तेजी से पीछा करते आगे से निकले। सूअर युवकों से करीब दस फीट आगे भाग रहा था, लेकिन ऐसा चीत्कार कर रहा था, जैसे उसकी हत्या की जा रही हो, बहुत ही तेज, लेकिन आर्त भाव से चीख रहा था। पीछा कर रहे सभी युवकों के हाथ में एक-एक डंडा था, जिसके अगले हिस्से में गोल शेप लिये लोहे का पतला तार था। बताया गया कि वह मालातार (माला की तरह) सूअर के गले में डालने का ये युवक प्रयास कर रहे हैं। सूअर के गले में पड़ते ही तार की गाँठ सरककर फाँस लग जाएगी और सूअर पकड़ा जाएगा। जिस सूअर को पकड़ने का प्रयास हो रहा था, उसकी बिक्री हो चुकी थी। मोहल्ले के सूअर अपने खरीददारों को देख अथवा युवकों के पकड़ने के इस प्रयास को भाँप लेते हैं। तभी इस तरह की चिंघाड़ निकालते हैं। शायद ये जानवर अपनी मौत को करीब देखते हैं। घर के लोगों तथा सामान्य बच्चों की धमा-चौकड़ी अथवा पीटने पर सूअर न तो इतनी तेज भागते हैं, न ऐसे आर्त भाव से चिंघाड़ते हैं, यानी सूअरों को अपने शिकारियों एवं शिकार के कुसमय का आभास होता है।

"आप लोग बातचीत कीजिए, बहुत जरूरी चीजें लिखनी हैं।"

चबूतरे पर बैठे लोगों के बीच चलनेवाले वार्त्तालाप में प्रत्यक्ष शामिल न होकर सुनने की योजना पर अमल शुरू करने के लिए कहा, लेकिन यह भूल गया कि ऐसे स्थानों पर कोई बाह्य व्यक्ति मौजूद हो और उसे इंगित किए बिना बात बढ़ती जाए, संभव कहाँ? हुआ भी यही।

"साहेब! कल उत्पात (उत्पाद) विभागवाला सोमारू को पकड़ के ले गेल। ओकरे पास पाँच लीटर दारू हल। पुलिसवा पैंतालीस लीटर देखाय देलक। अब पैंतालीस दिन बादे बेल होत। सब कहऽ हे कि जजवा एक लीटर शराब पकड़इले पर एक दिन जेल में राखत। जै लीटर शराब तै दिन का जेल। अब ऊ सारे जेले में सड़त। ओके समझावे का कवनो फायदा न होत।"

चबूतरे की बाईं ओर बैठे रघुनाथ ने अधजली बीड़ी की राख झाड़ते हुए कहा।

"कितने दिनों से वह मोहल्ले में शराब बेचता है?"

न चाहकर भी बातचीत में शामिल हो गया।

"ई तो बहुत दिन से शराब बेचऽ हौ। कई बेर जेल गेल हौ। अरे, कोई का लूर लछण छुटऽ हे। लूर, लछण और बाई, मरले पर जाई।"

भोजपुरी कहावत के बहाने उसकी शराब बेचने की आदत नहीं छूटने के समर्थन में तर्क। अधेड़ रघुनाथ हर बात को उदाहरण और कहावत के माध्यम से कहना चाहते हैं। हल्के विरोध पर भी झगड़ा करने की आदत से मजबूर हैं। दूसरे पर टीका-टिप्पणी में महारत हासिल। जब बोलने लगते तो किसी की सुनते नहीं। बोलने के वक्त इनकी आँख, दोनों हाथ और गरदन भी पूरी तरह एकजुटता का परिचय देते। यों तो पूरा शरीर, लेकिन दोनों हाथों की कोहनी से ऊपर के भाग गजब का करतब दिखाते। बोलने के क्रम में उठक-बैठक का अभ्यास भी जारी रहता। न सिर्फ मोहल्ले के लोगों को अपनी विषय वस्तु बनाते, बल्कि राजनीति और गाँव-समाज के रंगबाजों पर पुलिसिया ढील और गिरफ्तारी की खबरें मिर्च-मसाला लगाकर सदैव वक्ता बने रहते। जिस सीमेंट की दुकान पर वे काम करते हैं, उसके ठीक सामनेवाली चाय की दुकान काफी फेमस है। वहाँ लोग न सिर्फ चाय की चुस्की लेने आते, बल्कि समानांतर पड़ी बेंचों पर बैठकर सुबह से शाम तक की ताजा खबरों का भी आदान-प्रदान करते। अखबारों में छपी घटनाओं का तो पोस्टमार्टम हो जाता है चाय की दुकान पर। रघुनाथ अपनी दुकान पर ट्रैक्टर लग जाने के बाद ही सीमेंट लादने जाते। शेष समय चाय की दुकान पर ही बीतता। चाय की दुकान पर कभी पानी ला देते तो कभी चूल्हा हाँक देते। विषम परिस्थिति में गिलास धो देते। तभी तो इनकी चाय के पैसे नहीं लगते। चाय दुकानदार कभी-कभी इनके घर भी आता है। शादी-ब्याह के दिनों में दोनों एक साथ पूड़ी खाने जाते।

चबूतरे के एक तरफ बढ़ती धूप और बातचीत के आनंद के लिए कुछ लोग धीरे-धीरे करीब आने लगे। कोई यों ही सरकता तो कोई अपने गमछे से चबूतरे का फर्श झाड़ने की मानसिक संतुष्टि पाते हुए। गणेश मुसहर ने करीब आ रहे दो-तीन लोगों को इशारे से थाड़ी दूरी बनाने की हिदायत दी।

"हाँ साहेब। अपन काम करूँ। चाह (चाय) मँगाए का? एक घोंट पी लीजिए।"

गणेश मुसहर ने बड़े ही आत्मीय भाव से पूछा। मैंने चाय नहीं पीने का इशारा किया। वे बगल में गमछा बिछाकर बैठ गए। मेरी ओर से मुँह घुमाकर बालचंद से खैनी बनाने को कहा। सभी लोगों ने अपनी-अपनी जगह लेकर बातें शुरू कर दीं, जिसका इंतजार था। गणेश मुसहर टोले के सबसे समझदार आदमी माने जाते हैं। हरिजन स्कूल से दसवीं तक पढ़े हैं। मोहल्ले के लोग अपना कागज-पत्तर उन्हीं से पढ़वाते। मझोला कद, गोल साँवला चेहरा, छोटी-छोटी आँखें और काले घने बालों के बावजूद कभी कंघी न लगाने की आदत। शरीर पर हाफ कमीज और दाएँ कंधे पर लाल अँगोछा (गमछा)। घर पर भी खाली पैर नहीं। टूटी ही सही, पैरों में हमेशा हवाई चप्पल। राम-सलाम में आगे। मोहल्ले के लड़के-लड़कियों को सूअर-कुत्तों के साथ खेलते देख गालियों की बौछार कर देते।

"साला···। मुसहर का लड़का लोग दूसरे जतिया को देखकर भी नहीं सीखता। स्कूल जाने में नानी मरती है। दुनिया के लोग अपने बच्चों को पढ़ाने में घर-द्वार बेच रहे और सरकार की लाख सुविधाओं के बाद भी इन लोगों का पढ़ने का मन नहीं करता। ससुरों को बुझाता ही नहीं कि पढ़ाई-लिखाई में ही सबकुछ है। कोई आकर मुसहर टोली में डेढ़-दो सौ का कंबल और साड़ी बाँट दे, जय-जय, उस दिन दो-ढाई सौ का मजदूरी छोड़ देगा लोग, लेकिन मुफ्त का कमरा नहीं छूटे। यहाँ के गार्जियन को भी समझ में नहीं आता कि बचवन को मार-पीटकर रोज स्कूल भेजें। स्कूल में रोज खिचड़ी मिलती है। कपड़ा के लिए पैसा मिलता और छात्रवृत्ति भी। फिर कूड़ा-करकट चुनने क्यों भेजता?"

गणेश की भाषा और संस्कार इन लोगों की तुलना में कुछ परिष्कृत हैं। मोहल्ले के या यों कहिए इस परिक्षेत्र के मुसहर जाति के लोग भोजपुरी, मगही और खड़ी बोली की मिश्रित भाषा का प्रयोग करते हैं।

गणेश पिछली बार वार्ड का चुनाव भी लड़े, लेकिन चुनावी खर्चे में

न सक पाए। सोचे थे, बिरादरी के सभी वोट सहित उन्हें अनुसूचित जाति एवं शुभचिंतकों के वोट मिलेंगे। जीतने के बाद मुसहर टोली को चमका देंगे, लेकिन मुसहर के विरोध में दुसाध-चमार के एकजुट होने से हार गए। विरोधियों ने हवा दे दी। दुसाध-चमार के रहते मुसहर कैसे जीतेगा, मुसहर जाति का वार्ड सदस्य तो पीकर हरदम सोया रहेगा। कौन उसकी बात मानेगा? न किसी पंचायत में बोल सकेगा, न पदाधिकारियों से अपनी बात कह पाएगा। फिर जिताने से क्या फायदा? दुश्चर्चा के असर से गणेश से सहानुभूति रखनेवाले पिछड़ी एवं ऊँची जाति के लोग अंत में बदल गए। कुछ स्वजातीय मुरगा और शराब की मदहोशी में आपा खो बैठे। परिणाम गणेश मुसहर की हार। वैसे मोहल्ले में सब उनकी इज्जत करते हैं। खास अवसरों पर दारू पीने के बावजूद कभी भी बहकने की शिकायत नहीं। मोहल्ले के बच्चे-बूढ़े सबको निःशुल्क सलाह। बच्चों एवं लगुहा को नहीं पढ़ने-लिखने तथा पढ़ाने-लिखाने के लिए खूब गाली। उनकी बातें व सामान्य गाली 'साला' का कोई बुरा नहीं मानता। चुनावी समय हो, कोई जागरूकता रैली अथवा राजनीतिक तफ्तीश लोग उनसे पहले मिलते। मोहल्ले का विकास नहीं करा पाने का बहुत मलाल रहता है गणेश को। चबूतरे के दाईं ओर जिन महिलाओं का समूह था, उनमें कबूतरी ज्यादा करीब थी। उसकी बगल में बैठी मुरतिया, सवरिया, कलही, सरसतिया एवं बुधनी के हाव-भाव से कुछ कहने की बेताबी झलकी। मैं ताड़कर कबूतरी पर केंद्रित हो गया।

"बाबू, कल सोमरुआ पकड़ा गेल। मन बहुते दुःखी हौ। वोके तो हम बार-बार चेतावत कि मोहल्ला में दारू मत बेच। मरद-औरत सबके लत लाग जात। दिन में तो मोहल्ला में तनिका शांति दिखऽ हे। शाम होते पूरा मोहल्ला में कचाइन हो जात हौ। रोजे मार-पीट, गाली-गलौज। कवनो एक दोसरा के नाहीं डाँटत। ई टोला में शराब पीए वालन का संख्या बढ़ल जात हौ और दारू न पीनेवाला तो अंगुली पर गिना जात। साँझ में लगत कि टोलवा में दम घुटत हौ। इहाँ रहे का मन नाहीं करत, आखिर हम सब जाऊँ कहाँ?"

साड़ी के पल्लू से फर्श झाड़ते कबूतरी ने कहा।

"कल शाम में पकड़ाया था सोमरुआ?"

"ना बाबू, दुपहरिया में। सोमरुआ जेल गेल और ओके औरत बउआए (भटकना) फिरऽ हौ। लड़कन सब टुकुर-टुकुर ताकत हौ। पहिले भी ऊ जेल हो आयल हौ, लेकिन ओका सुधरे का लछन नाहीं दिखत। एक बार तो दरोगवा टोलवे में मार के कहरा देलको। आठ दिन नाती जेल में पड़ल हल। औरत के कनबाली बेच के जमानत भेल। पता नाहीं, कइसे कमात कि एको पइसा न बाचऽ हे।"

अभी कुछ बोल ही रही थी कि रुकना पड़ा।

"हम त कहलऊ कि हजार-दो हजार पुलिसवन को दे-ले के झमेला निबटाय लौ। जेल नाहीं भेजत। हूँ! गेठी खुले न बहुरिया दुबराए। तो लो भोगो। पुलिस, वोकिल आ कचहरी का चक्करघीनी बनो। बिना पइसा के कुछ होखेला हौ?"

बीच में टपकती सुगिया लगा कि अपने आँचल की गाँठ खोल रही हो। बहुत देर से अपनी बारी का इंतजार कर रही थी। नहीं मिलने पर अतिक्रमण की। बिल्कुल तपाकी, लेकिन नपे-तुले शब्द बोलती। क्या मजाल, कोई उसकी बात का जवाब दे दे। खाली वक्त में सभी उसे उकसाते रहते हैं। बस, किसी का नाम लेकर सुगिया के तेज बोलने, लड़ने और कोई काम नहीं करने अथवा बहू को रात-दिन गलियाने का आरोप लगाकर देखे। दिन भर अपना पक्ष रखने में बिता देगी। किसी आरोप पर सोलर संचालित यंत्र की भाँति अपनी सफाई देने लगती है। रास्ते चलती सुगिया को देख कोई यों ही मुसकराकर भी नहीं निकल सकता। बोलने लगती, "तोका भूत धैले हौ का? हमरे देख हँसत काहे हौ? हम जानत हौ कौन तोके बहकावत। मोहल्ला में कवनो हमर बात चलावत तो एक करम नाहीं छोड़त। तीन पीरी (पीढ़ी) तार देत।"

हमेशा दूसरे को शक की निगाह से देखती है सुगिया।

प्रत्युत्तर नहीं मिलने पर पुनः शुरू हो गई।

"जानत हौ साहेब! लूट के आइल पैसा कूट के लोग खात हौ। तब न, कल मरद जेल गेल और आज घर में मुसरी दंड करऽ हौ।"

बिना किसी के हुंकारी भरने और जिज्ञासा दिखाने की अपेक्षा लिए बोले जा रही थी।

"अरे! जब दू नंबर के काम करे का हौ तो बनला-बिगड़ला खतिरा दो पैसा घर में रखै का चाहीं। सोमरुआ बऽ अपन भतार के बेल खतिरा सुबहे कल्लुआ के दुकान में गेल हल। सालों भर ओकरे दुकान से समान ढोअत, लेकिन पाँच सौ रुपया मंगलक तो कल्लुआ बोल देलको 'कले समान खरीद लिये। अभी तो बोहनी नाहीं भेल हौ।' सफेद झूठ बोल गवा। अरे, सब पैसा का यार हौ। अब सोमरुआ के मउगी जात हौ चाँदी के दस भर का छागल बेचे। जानत हौ साहेब! कल्लुआ के पास अभी कोई बंधकी रखत, तो ओकरे पास पैसा आ जात, लेकिन कोई पैसा उधार माँगे जात तो बोहनी न भेल और पैसा नाहीं हौ का बहाना कर देत।"

कल्लू साह मोहल्ले का दुकानदार है, जिसे यहाँ के लोग कल्लुआ और उसकी पत्नी को कल्लुआ बऽ के संबोधन से पुकारते हैं। टोले के एक ओर उसकी परचून की दुकान है। सामान बेचने के साथ ही जरूरत के वक्त गहना गिरवी रखकर आठ से दस प्रतिशत माहवारी सूद पर रुपए देकर मदद भी करता है। मोहल्ले के लोगों को समझाता है, "संबंध अपनी जगह और व्यवहार अपनी जगह। हम भी किसी से ब्याज पर रुपए लेकर देते हैं। इसमें मुझे कोई फायदा नहीं होता, बल्कि खिच-खिच ही सहना पड़ता है। मोहल्ले में रहना है, तो किसी को सहयोग के लिए इतना तो करना ही पड़ेगा। हमसे किसी की परेशानी नहीं देखी जाती।"

कई लोग उसके पास से अपना जेवर नहीं छुड़ा पाए। मजबूरीवश कल्लू को गिरवी गहना बेचकर महाजन का पैसा चुकाना पड़ा। ऐसा कल्लुआ कहता है, लेकिन आज तक कल्लू ने यह नहीं बताया कि उसका दिलदार महाजन कौन है, जो मोहल्लेवालों की मदद के लिए उसे रुपए देता है।

मोहल्ले के लोग बताते हैं कि अपनी पत्नी और दो बच्चों के साथ करीब दस-बारह साल पहले कल्लू सिर्फ एक छोटा बक्सा और बिछावन के साथ मोहल्ले में आया था। उसके कपड़े और पत्नी की देह पर सामान्य साड़ी देख

लोग समझे थे कि शहर में मेहनत-मजदूरी करने आया है। बिना प्लास्टर का एक इंदिरा आवास किराए पर लेकर दुकान शुरू की थी। आज उसके पास अपने दो घर, छोटकी फटफटिया (मोपेड) और पत्नी की देह पर सोने के जेवर भी हो गए। दो घरों (इंदिरा आवास) के बारे में लोगों ने बताया कि पहले किसुन मुसहर ने चार सौ रुपए में किराए पर दिया था। बाद में वह ससुराल जा बसा और इंदिरा आवास कल्लू के हाथ बेच दिए। यह जानते हुए कि इंदिरा आवास की बिक्री नहीं होती, कल्लू ने एक सादे कागज पर रेवेन्यू टिकट लगाकर कुछ लिखा था, जिस पर किसुन ने अपने अँगूठे का निशान बना दिया। दो लोग गवाह भी बने थे। गवाहों को भी उस वक्त कल्लू ने जमीन खरीददारी के नाम पर खुश किया था। कुछ दिनों बाद इससे सटे सूरत मुसहर का घर भी किराए पर लिया। मरने के बाद सूरत की बेटी ने महज कुछ रुपए लेकर अपने बाप की इकलौती निशानी कल्लू के हाथ सौंप दी। कह रही थी—

"मरते बखत बाबूजी को कल्लू चाचा ही खाना-पानी देत हल। टोला के कवनो नाहीं पूछत कि ऊ खैले कि नाहीं खैले। कल्लू चाचा का नेकी हमसे नाहीं लौटत।"

सो कल्लू को इंदिरा आवास के बतौर अपने पिता का ऋण चुकाने के दौरान उसे नैहर से अंतिम उपहार के बतौर कुछ रुपए फिर मिल गए। सूरत की बेटी कभी-कभी टोले में अपने चाची के घर भी आती है। जिस दिन वह मोहल्ले में आती कल्लू और उसकी पत्नी के बीच घंटों झगड़ा होता। सूरत की बेटी को कल्लू के साथ हँस-हँसकर बातें करते देख कल्लू की पत्नी जल-भुन जाती है।

कल्लू ने दोनों इंदिरा आवासों को मिलाकर एक में दुकान और दूसरे में घर बना लिया। मोहल्लेवालों को खिला-पिलाकर पीछे की थोड़ी परती जमीन भी कब्जे में ले ली। घेरते वक्त कह रहा था, "इस पर पक्का मकान थोड़े बनाएँगे। साफ-सुथरा कर घेरा डाल देते हैं। मोहल्ले में सबसे ज्यादा गंदगी यहीं रहती है। मोहल्ले के ही काम आएगा।" बाँस का घेरा अब ईंट की दीवार में बदल गया है। घर-मकान और रुपया-पैसा, सब चीज से

खुशहाल है कल्लू।

क्रिया-प्रतिक्रिया का इंतजार किए बिना सुगिया शुरू थी।

"अरे, सोमरुआ बऽ का धंधा चलऽ हे, तो ऊ कोई के नाहीं बुझऽ हे। ऐंठ के चलत और उल्टी माँग फाड़ के इतराइल रहत। स्नो-पाउडर तो ऐसा लगावत कि दूरे से गम-गम करत। लागे कि जिमदार की मउंगी हौ। अब जा न दुआरे-दुआरे मरवा···।" दाहिनी हथेली से मध्यमा को टेढ़ा कर बाईं ओर झटका और दोनों होंठों को दाहिनी ओर घुमाया।

अचानक सिर उठाकर उसके हाथ घुमाने को देख लेने पर लज्जित कबूतरी ने हल्की मुसकराहट के साथ पाँचों अंगुलियाँ मुँह पर रखकर सुगिया को चुप रहने का इशारा किया।

"तोरे का मतलब हौ ? कौन कहाँ से पइसा जुटइते और कैसे माँग फाड़ के चलत। तेली के तेल जरे और मशालची के कादो फाटे···। आगे-पीछे कुछ न देखऽ हई मउगी।"

कबूतरी ने सुगिया को नसीहत दी।

"अरे, साहेब बैठल हौ। कुछ बुझायत न हे तोरा ? दिनभर बकर-बकर करऽ हे। कवनों सलाह माँगऽ हे तोसे ? जवन कहेला हौ, ओकरे घर जा के सलाह दे। ओकरे मउगी अभी सुन लेत, ई बात तो एको करम नाहीं छोड़त।"

"हूँ ! हमके कवनों से का मतलब, लेकिन गलत देखत तो कुछ मुँह से निकल ही जात। अरे अईसा चलो सादा कि निभे बाप-दादा। कले बनिया आजे सेठ।"

होंठ बिचकाकर सुगिया ने अपनी दोनों खुली हथेलियों को छाती की ओर ले जाकर पलटते हुए कहा। इस दरमियान उसका आँचल छाती से गिर गया और ब्लाउज का एक टूटा बटन भी दिख गया। उलझे बाल और मटमैली साड़ी के बीच से उसकी आर्थिक स्थिति साफ झलक रही थी। उसके इस प्रतिकार से नाराज भोली मुसहर की पत्नी को लगा कि वह उसका मुँह भींच देगी।

'ई बुढ़िया लाज-शरम घोर के पी गेल हौ।'

अपनी जगह से उठकर भोली मुसहर की पत्नी ने एक हाथ सुगिया के सिर के पीछे और दूसरा उसके मुँह पर सटाते हुए कबूतरी की ओर इशारा किया।

"चाची, इनका मुँह सी दो। बुढ़िया चुप न होखे का कसम खेले हौ। अभी सोमरुआ बऽ सुन लेत तो बिना मतलब झगड़ा शुरू हो जात कि न?"

भोली की पत्नी सुगिया की चचेरी बहू है। काफी हँसमुख और मोहल्ले में रोते को हँसाने के लिए चर्चित। किसी को भी कुछ कह देने का विशेषाधिकार। घोर गरीबी में भी उदासी को कभी फटकने नहीं दिया। सूती की पुरानी साड़ी और बिना ब्रा का फटा ब्लाउज। उम्र बमुश्किल तीस से बत्तीस। जवानी की दहलीज पर बुढ़ापे का अतिक्रमण। साँवले चेहरे पर बड़ी-बड़ी आँखें। मांसल शरीर पर कमर तक लटक रहे बाल। नंगे पैरों में चाँदी के पुराने छागल और हाथों में बदरंग चूड़ियाँ। गरीबी के सिवा मध्यमवर्गीय किसी महिला की तुलना में क्या अंतर है, भोली की पत्नी में। बिना पैंट सिर्फ फटी गंजी पहने बेटी को आँचल से ढककर दूध पिलाने लगी। बैठने के अंदाज से लगा, चार-पाँच माह की गर्भवती भी है। गोद में करीब एक साल की बच्ची और गर्भवती भी। अजीब विडंबना है, गरीबी के मरुस्थल में गोद, गर्भ और आँगन बच्चों से हरा-भरा! सिंचाई के साधनों के प्रति न कोई शिकवा, न कोई सपना। बस जिंदगी है कि डगरती जा रही। गरीबी, अशिक्षा और जागरूकता के प्रति तरस आ गया।

"यहाँ के लोग नसबंदी क्यों नहीं कराते हैं?"

भोली की पत्नी की ओर देखे बिना सामने बैठी महिलाओं से पूछा।

"धत् साहेब! सवांगे (पुरुष सदस्य) तो पैसा हौ। जेके घर में जेतने सवांग, ओकरे उतने पैसा और इज्जत। जानत हौ साहेब? ई जमाना में बिना सवांगवाला के कोइ पूछऽ हौ?"

जवाब में इस बार मुगिया हाथ चमकाते हुए तपाक् से बोली। मुगिया का पति ठेला चलाता है। करीब तीस की उम्रवाली इस महिला की गोद में करीब डेढ़ साल का एक बच्चा सो रहा था। पालथी मारे मोगिया ने बच्चे का सिर बाएँ पैर से दाएँ पैर पर पलटते हुए बोलना शुरू किया।

"साहेब! बिना सवांगवाला के जब मन करे, लोग लतिया देत हौ। जेके दो-चार सवांग रहत, ओकरे गलतियों पर कोई नाहीं बोलत। परसों जतनी बुढ़िया का मुरगा मोहल्ला के लोग खा गए। बेचारी जतनी! विधवा जात, छाती पीट के पुक्का फाड़-फाड़ के रोवऽ हौ। कवनो ओकरे देखेवाला हौ का? आज ओकरे मरद-बेटा रहत, तो ई हाल नाहीं न होत। ऊ, मोहल्ला में अच्छो बात कहत हौ तो सब दूर-दूर केले रहत। बेचारी दिन काटऽ हे। सवांगवाला अलग-विलग होके भी मौका पर सब एक हो जात हौ। जेकरे सवांगे न हे, ऊ का करत?"

"सवांगवाला अलग-अलग होके भी मौका पर एक हो जात हौ।"

(इस टोले में सभी वक्ताओं की अपनी-अपनी सहायक क्रिया। कोई है को हौ तो कोई हे और होत से भी काम चला लेता है। सर्वनाम उनका, उसका और तुम की जगह वोका, ओकरा और तोका का प्रयोग। किसी-किसी क्रिया में अ…(ऽ) जोड़कर लंबा खींचने की एक अलग मुहिम। दिन काटने को 'दिन काटऽ हे' या 'हौ'। देखने को 'देखऽ हे', 'देखऽ हौ' या केवल 'देखत' शब्द का प्रयोग)।

मुगिया के इस वाक्य ने ग्रामीण और शहरी परिवेश के समाज विज्ञान का ही विश्लेषण कर दिया, यानी गाँव और शहर में जिस परिवार और समाज में अधिक सदस्य, गोतिया-पट्टीदार होते, वे आपस में तो लड़ते-भिड़ते हैं, लेकिन जैसे ही दूसरे से झगड़ा होता या कोई दुःख-सुख आता, सभी एक हो जाते। उस वक्त लगता ही नहीं कि इनके बीच कभी विवाद हुआ है। सभी एक सूत्र में बँध जाते हैं। दायरा बढ़ने पर यह खानदान, गोत्र, उपजाति, जाति, समुदाय, मोहल्ला, गाँव, प्रांत, देश और महादेश की परिधि तक चला जाता है। खैर, मुगिया बच्चा पैदा करने के पक्ष में अपना तर्क दिए जा रही थी।

"साहेब! सब लोग अपन भाग से जनम लेत हौ। हम नाहीं देखत कि एक बच्चावाला धनी हौ और चार-पाँच बच्चावाला भीख माँगऽ हौ। भगवान् जेका मुँह, पेट और हाथ देके भेजत, ओका भोजन के भी उपाय जरूर कर देत।"

"इतना बच्चा पैदा करने से क्या फायदा? ज्यादा बच्चा रहने से परेशानी ही होती है। बच्चा पालना, उसे खिला-पिलाकर बड़ा करना और पढ़ाना-

लिखाना आसान नहीं है। वह भी आज के जमाने में। सबकुछ महँगा हो चुका है। एक-दो बच्चा हो और पढ़-लिखकर अच्छा हो जाए। सब दुःख खत्म। आप लोगों के समाज में तो सिर्फ बच्चा पैदा करना और उसका पालन-पोषण करने तक ही है। जैसे ही वह सोलह-सत्रह साल का हुआ, शादी कर देते हैं और वह अलग हो जाता है। बुढ़ापे का सहारा भी तो नहीं होता। मृत्यु के बाद किसी तरह दाह-संस्कार कर देता है।"

अन्य लोगों को भी संबोधित करते हुए कहा।

"हाँ साहेब, ई बात तो सही हौ। मुसहर जात में बच्चा पाल-पोश के बड़ा करूँ और शादी होते ऊ अपन मउगी लेके अलग हो जात हौ। बूढ़ा-बूढ़ी एड़ी घिसट के मरे। इतने बड़ मुसहर टोली में कतने पतोह अपन सास के संगे हौ ? जाके पता करूँ न। एका-दुका छोड़ सब अपन-अपन डफली अलग बजावत हौ। अरे, परले-हरले पर तो पूछत नाहीं कि बूढ़ा-बूढ़ी मरत कि जीअत ? विवाह भेल न कि अपन मेहरी संग अलग। भाड़ में जात बाप-महतारी और परिवार।"

इस बार बधरिया बोल रही थी। करीब पैंतालीस साल की अधेड़ बधरिया पिछले सप्ताह ही अपने भाई धनेश्वर से मिलने यहाँ आई थी। धनेश्वर की तबीयत पिछले एक महीने से खराब है। बधरिया असलान बहादुरपुर गाँव की है। मझोला कद, पैर में पुराने सैंडल और आसमानी रंग की चौड़ी पाड़वाली साड़ी। गले में चाँदी की चेन से लटका काला तावीज। कान में सोने के छोटे, लेकिन नए डिजाइन के टॉप्स। दोनों बाजुओं में चूड़ियों के ऊपर कामदार बाला। चौड़े माथे पर बिंदी और सलीके से गूँथे हुए बाल। उसके ससुराल का मुसहर टोला कई मायने में जिले में अपना स्थान रखता है। इसका खास कारण भी है। वहाँ के तीन मुसहर शिक्षक हैं। एक तो रिटायर हो चुके हैं। एक छात्र ने हाल ही में अपनी जाति में पहला एम.ए. पास होने का गौरव प्राप्त कर शोध-कार्य शुरू किया है। बधरिया का बेटा भी शिक्षा मित्र है। वर्तमान से दो दशक आगे चल रहा उनका टोला।

"आपके टोले के सभी लड़के स्कूल जाते हैं कि नहीं ?"

बधरिया से सवाल किया।

"अरे बाबू, कवन मुसहर टोला के लड़का स्कूल जाए के चाहत हौ। गार्जियन को चेत होखे के चाही। कोई लड़का-लड़की मन से पढ़े न जाए के चाहत, लेकिन देखा-देखी लोग अपन लड़कवन को स्कूल पहुँचा देत। मास्टर भी स्कूल न जाएवाला, लड़कन के बाप-महतारी से शिकायत कर देत, लेकिन इहाँ का हालत बहुते खराब हौ। इहाँ तो दारुए का बाजार बनल हे। पढ़ाई-लिखाई से कोई मतलबे नाहीं हौ। सब अपने-अपने गीत गावऽ हे। देखू न बाबू! बड़की अस्पताल की बगल में रह के इहाँ के औरत घर ही में लड़का जनमावऽ (बच्चा पैदा करना) हे। अरे, अस्पताल में जइते सब, तो दवा-दारू और पइसा भी मिलत। अब तो बच्चा होखले पर हमनी तरफ 1400 रोपेया मिलत हे।"

सरकार द्वारा शुरू की गई 'जननी बाल सुरक्षा' का लाभ बताते हुए बधरिया बोली। उसकी भाषा और बातचीत का लहजा यहाँ के लोगों की अपेक्षा अच्छा लगा।

"नाहीं साहेब, बड़का अस्पताल में लड़का भेला, पर चार-पाँच सौ रोपेया नर्सवा माँगत हे। न देवे पर जमीन पर पार दे (सुला देना) हौ और बचवा नाहीं देत। एक बार तो बुधुआ के बाबू से झगड़ा हो गेल। पूरा टोला अस्पताल में टूट पड़ल, तब बिना पैसा बच्चा लौटल। साहेब, बिना पैसा के कवनो काम होत हौ का? नाम के सरकारी अस्पताल हौ। डेगे-डेगे पैसा लागत।"

"मैं नसबंदी और बंध्याकरण की बात पूछ रहा हूँ। आखिर आप लोग क्यों नहीं करातीं? मुफ्त में होता है और ऊपर से पैसा भी मिलता है। अब तो कोई झंझट भी नहीं है।"

पीछे बैठी मुरतिया खड़ी होकर बोलने लगी। उसे लगा कि बैठे-बैठे बोलने पर उसकी बात को तवज्जो नहीं मिलेगी। शायद इसी कारण उसे ऐसा करना पड़ा। चबूतरे के एक किनारे खड़ी होकर हाथ लहरा-लहराकर बोलने लगी।

(भाषा विज्ञान की दृष्टि से है के लिए इनके बीच हऽ, हौ, हवे और हे का प्रयोग अलग-अलग तरीके से किया जाता है। उच्चारण में इनके मायके

और ससुराल के साथ मगही, भोजपुरी और सोन तटीय क्षेत्रों का प्रभाव स्पष्ट दिख जाता है।)

"साहेब, ई जात कबो न सुधरत। एहनी सबके दारुए पीए से फुरसत न हौ। दोसर जतियावाला जान-बुझ के मुसहर टोलिए में दारू बेचऽ हे। एहनी सबके बुझइते न हे। ई सब दिनभर देह ठेठाके कमात और दारू बेचेवाला साँझ को दिन भर का कमिनी लूट के ले जात। ई चाल से मुसहर जात जीवन भर भिखमंगे रह जात और दारू बेचेवाला साल-छह महीने में छत पीट लेत। इहाँ कोई समझावेवाला नाहीं हौ। आपके मुँह पर चपलूसी बतियावत हौ।"

मुरतिया को बैठने का इशारा किया तो 'हूँ' की हुंकारी के साथ बैठ गई। लेकिन पूछ बैठी—

"साहेब! कोई गलती कहत हौ का, आपे बताऊँ।"

"नहीं, बिल्कुल नहीं, लेकिन अभी बात अवैध शराब की नहीं, बल्कि नसबंदी की हो रही है। खैर। एक बात बताइए, शराब बिक रही है, तो आप लोग क्यों नहीं विरोध करतीं?"

"बाबू, एक बात पुछूँ?"

बधरिया ने सवाल किया।

"हाँ-हाँ, पूछिए।"

"कवनो रजपूतवा-बभना चाहे अहिरा के टोलवा में कच्चा दारू (अवैध शराब) काहे नाहीं बिकत हे? मुसहर टोलिये में सबतर (सभी जगह) काहे बिकत हे? सब जतिया हियाँ आके शराब पिअत और उल्टा-सीधा बोलत रहत। ई कमी तो मुसहरे के मरदा-मउगी के बीच न हे। नाहीं तो कवने का मजाल हौ कि दोसरे का टोला में जाके शराब पी लेत और कवनो का माई-बहिन पर आभी-गाभी (छींटाकशी) बोल देत। एक बार किरिया-कसम धराए के सब बेचल छोड़ देत, तो काहे का कोई जन मुसहर टोली में पीए खतिरा आवत? हम तो कह के थक गेली। कोई सुनत नाहीं हे। ई मुसहर टोली तो और बनल हे। इहाँ के कई गो मउगीवो (औरतें) ढरकावत हौ। लाज-शरम तखा पर रख देले है सब। हमनी जब लइका रही तो ई मुसहर टोली बहुते अच्छा हल। न कवनो झगड़ा-झंझट, न पिअकड़ई। सब जने

अपन-अपन काम में लगल रहत। नहरी ओ पार त सब खेत परती रहल। अब चारों ओर घर बन गेल। इहाँ के मरद-औरत के निकलल-पईसल (शौचादि क्रिया) मुश्किल हो गेल हौ। एक बीता जमीनों नाहीं बचल हे। नहर नाहीं रहत त हगे-मूते और मुअनी-जिअनी में लाश गाड़े के जगह नाहीं दिखत।"

लंबी साँस लेते हुए मुसहर टोलियों में अवैध शराब और शहर के विस्तार को अपनी जाति के लिए घातक बताया बधरिया ने। उसके मन में शराब के कारण जाति की दुर्दशा की जबरदस्त कसक दिखी। अवैध शराब सरकार की गलत नीति का परिणाम है। राजस्व के लालच में अपने मानवीय संसाधन को किस हद तक बरबाद कर रही है, इसका भान अभी नहीं है, अगर यही स्थिति रही तो गरीब और दलित मोहल्लों में मृत्यु दर इतनी तेज रफ्तार से बढ़ेगी, जिसकी कभी कल्पना न की गई होगी। आज भी इन मोहल्लों में 50 से अधिक आयुवाले लोगों की संख्या वहाँ की महिलाओं की अपेक्षा काफी कम है। पुलिस प्रशासन और उत्पाद विभाग की मिलीभगत से देशी-विदेशी शराब के लाइसेंसी दुकानदार आस-पास के इलाके को अपनी जागीर बना बैठे हैं। परचुनिया के नाम पर अपनी दुकान से शराब ऐसे टोलों में भेज देते हैं। अवैध रूप से भेजी जानेवाली यह शराब उनकी दुकान के लिए आवंटित कोटे के अतिरिक्त अथवा बगैर परमिट के बाहर से मँगाया हुआ माल या अवैध रूप से स्थानीय स्तर पर निर्माण कराया हुआ होता है। तीन दशक पहले की बात कर रही इस महिला को कौन समझाए कि आधुनिकता के दौर में शहर का विस्तार बढ़ती आबादी और शहरीकरण के प्रचलन का प्रतिफल है। शहर के आसपास परती जमीन दिखने की बात सपना हो गया। छोटा शहर हो या बड़ा, हर जगह जमीन की कीमतें आसमान छूने लगीं। अमीर-गरीब सबकी ख्वाहिश में एक अदद घर की प्राथमिकता तय हो चुकी है। मुनाफे की दृष्टि से भी रियल इस्टेट में इनवेस्टमेंट सर्वाधिक बेहतर मानक हो चुका है। सामान्य स्थिति में चल रही वार्त्ता को एकाएक करीब एक छह वर्षीय बच्चे ने अपनी ओर केंद्रित कर दिया। धूल-धूसरित नंगा बदन वह बालक सीधे कबूतरी की गोद में बैठ गया।

"दादी शनिचरी मारऽ हे।"

सुबकते हुए बच्चे ने कबूतरी की ठोड़ी अपनी ओर घुमाते हुए कहा।

"शनिचरी! बुधुवा के काहे मारत हे? टुअर-टापर बिना।"

" हे का? हमर नाती के छुअले तो खून बोकरा के मरबऊँ। बहुत दिन से देखत हौ कि ई हमर नाती के पीछे पड़ल हे।"

कबूतरी बगल में खड़ी करीब आठ-नौ साल की एक बालिका को डाँटने लगी, जो लगभग इसी हुलिए में थी।

"आप लोग अपने बच्चों का नाम अच्छा क्यों नहीं रखते? बुधिया, लकड़िया, तीन तारा और बियफी, ये भी कोई नाम हैं।"

अपेक्षाकृत साफ-सुथरी और मुसहर जाति की समस्या पर कुछ गहराई से बात कर रही बधरिया से मैंने पूछा।

"क्या बतावें बाबू, इहे तो गरीब जतीयन को नाहीं बुझात हौ। पता नाहीं कहाँ-कहाँ से नाम खोज के लोग अपन बच्चा का रख देत। जे बाहर घुमत हौ ओके न लाज लागत। नाम ले-ले के बाद लोग हँस देत। अब हमर नाम ही देखू। लोग हमर नाम 'बधरिया' रख देल। डकमुंशी चाचा बतावत हौ कि ऊ चिट्ठी बाँट के श्रीपुर से आवत हल। वोहीखन (उसी क्षण) हमर जन्म पनसोता बधार में हो गेल। माई लकड़ी चुने गेल हल। साथे मौसी भी रहल। डकमुंशी चाचा और दातुल मौसा ही हमर नाम बधार में पैदा होखले के कारण 'बधरिया' रख देले। 'अच्छा नाम' का कवनो कमी हौ का? लेकिन जेके जो सूझल नाम रख देल। पढ़ल-लिखल लोग अपन 'बचवन का नाम चुन-चुन का रखत।' बभने किहाँ तो पोथी-पतरा देख के नाम धरात हौ। नाम धराई के दिन मुँह जुठन भी होत। इहाँ तो जेकरे मन जे होत, नाम रख देत।"

बगल में बैठी एक बच्ची की ओर इशारा करते हुए कहा।

"ई देखिए बाबू, 'तीनतरवा' हौ।"

करीब आठ साल के एक बच्चे को उसने आवाज दी, लेकिन वह नहीं सुन पाया। चबूतरे के बगल में चावल धो रही एक बालिका से बुलाने के लिए कहा। गंदी हाफ पैंट और सैंडो गंजी पहने बालक को दिखाते हुए बधरिया कहने लगी।

"एका जन्म वोट के दिन भेल हौ। वो दिन पूरा मुसहर टोलिये तीन तारा

(भाकपा 'माले' का चुनाव चिह्न) में वोट देत हल। वो चुनाव में तीन तारा (माले) का जीत भी हो गेल। टोला के लोग कहत कि एका जनम पार्टी जीत के दिन भेल हौ। एका नाम वोही कारण 'तीन तारा' रखा गेल। टोला के लोग एका 'तीनतरवा' कह के बोलावत हौ।"

एक बड़े कटोरे में धोए हुए चावल लेकर खड़ी बालिका की ओर इंगित करते हुए बधरिया ने कहा, "ई भुलइनी हौ। पता नाहीं कहाँ से भूलल-भटकल टोला में आ गेल। ओह क्षण ई ढाई-तीन साल के होत। संतावन बऽ (संतावन की पत्नी) रख लेलक। अपन बेटी जैसा मानत। टोला के लोग एका नाम 'भुलइनी' रख देल। जे नाम एक बार रखा जात ऊ जीवन भर कहाँ बदलत बाबू? आप तो जानत हौ कि 'नामी और बदनामी जीवन के साथ' जात। कभी अलग थोड़े होत। पूरा टोला अब एका 'भुलइनी-भुलइनी' कहके बोलावत हौ।"

"साहेब! जानत हौ। जब भुलइनी को हम घर लाए तो लोग बोलत कि एका रखे खतिरा सरकार से पैसा और अनाज मिलत। जे भूलल-भटकल बच्चा राखत ओके सरकार पैसा देत। इहाँ तो आज तक कुछ नाहीं मिलल। अपन बच्चा पाले के तो सावंग (हैसियत) नऽ हे और अनकर (दूसरे) का पाले में का बितत, हमै जानत। साहेब! सरकार कुछ करत नाहीं? सुनत हौ कि सरकार गरीब और भुलायल-भटकल खतिरा खाय और रहे का इंतजाम करत हौ, तो भुलायल-भटकल को रखेवाला खतिरा मदद काहे नाहीं करत? हम गरीब आदमी आखिर अपन परिवार का पेट काट के तो एका पालत हौ। बाद में एका शादी-बिआह भी तो हमरे कपार पर हौ।"

एकाएक संतावन की पत्नी टपक पड़ी। वह अनाथ बच्ची भुलइनी को पालने के एवज में सरकारी सहयोग के विषय में जानना चाहती थी। इस बात से बेहद नाराजगी थी कि एक भूली-भटकी बच्ची को उसने पाला-पोसा और सरकार कुछ मदद नहीं कर रही है।

"ई सब बात छोड़ू बाबू। इन्हन के बोलू कि कुकुर-सियार जइसा बच्चा नाहीं जनमावे। बच्चा पैदा होत तो सरकारी अस्पताल में। अरे, अस्पताल में

कवनो खतरा नाहीं हौ। ऊपर से पैसा भी मिलत। हमरे ओर तो गर्भवती के अस्पताल आवे-जाए ला गाड़ी-भाड़ा नाहीं लागत। दवा-दारू सब मिलत। लड़का होले पर नर्सवा सौ-दो सौ रुपैया माँगत तो कम-बेस करके हम सब दे देत। बाबू! अच्छा से बच्चा पैदा हो जात और चौदह सौ रुपैया मिलत तो सौ-दौ सौ रुपैया कवन अधिक हौ। सुई-दवाई के पैसा नाहीं लागत। शहरवा में एक हजार मिलत। ई सब अपन मिलेवाला हजार-चौदह सौ रुपैया नाहीं देखत, लेकिन नर्सवा के माँगल सौ-दो सौ इन्हन को अखर जात। बाबू, कौन सरकारी काम बिना घूस के होत हौ। भाषण देवे और करे-करावे मा बहुत अंतर होत हौ। हम तो समझावत हौ कि दो पैसा का खर्च मा दस पैसा का फायदा हो जात तो उ काम करे मा कोई घाटा न हौ। दुनिया जाए भाड़ मा, हम अपन सोचत। कोई कहत कि कौआ कान ले जात, तो हम अपन कान देखत कि कौआ के पीछे भागत। सरकार बच्चा पैदा करे खतिरा अस्पताल मा बहुत अच्छा इंतजाम केले हौ।"

सरकार द्वारा संचालित 'जननी बाल सुरक्षा' की व्याख्या ही बधरिया ने कर दी।

इस योजना के तहत ग्रामीण इलाके में 1400 और शहरी इलाके में 1000 रुपए जच्चा को मातृत्व लाभ मिलता है। उसने सरकारी अस्पतालों में नर्स द्वारा प्रति बच्चा सौ-दो सौ रुपए नाजायज को परंपरा और सुविधा शुल्क के बतौर स्वीकारा।

"आप यहाँ आई हैं, तो कुछ समझाती क्यों नहीं? बात-व्यवहार से तो काफी समझदार लग रही हैं। टोले की ननद और फुआ हैं। आप जैसे लोग ही इनके जीवन-स्तर में आसानी से सुधार कर सकते हैं। कुछ प्रयास तो कीजिए।"

उनकी तारीफ करते हुए कहा।

"हम का समझावें बाबू! ई सब अपने बहुत समझदार हौ। अच्छा बात ई सब समझे ला तैयार न हौ। टोला में कमरा (कंबल) बाँटे कोई आवे तो ई सब भिखमंगा की नाई (तरह) टूट पड़त। बाबू! यह बखत (समय) शहर में

दो सौ और देहात में डेढ़ से दो सौ रोपेया मजदूरी चलत हौ। खैराती कमरा (कंबल) का दाम डेढ़ से दो सौ रोपेया हौ। एक कमरा खतिरा पूरा मुसहर टोली टूट जात हौ। कई बार तो दो-दो दिन एक कमरा खतिरा लग जात। एक दिन नाम लिखात और दूसर दिन कमरा भेंटत। डेढ़-दो सौ के कमरा खतिरा दो दिन का मजदूरी छोड़ भिखमंगा के नाई लाइन लगा के मरद-मउगी दाँत चिपोरत हौ। अरे, बूढ़ और लचार कमरा खतिरा लाइन लगा के खड़ा होत, तो कवनो बात नाहीं। इहाँ तो 'मुस्मतिया रोअत तो यहवतिया चिल्लाए लागत' वाली कहावत साँच लागत हौ।"

कहावत के बहाने बधरिया ने नसीहत दी। उसका मानना था कि मुसहर जाति के मेहनत-मजदूरी करनेवाले लोग भी अपने एक दिन की मजदूरी से भी कम कीमत का कंबल पाने के लिए बेचैन रहते हैं। कई बार दो-दो दिन की मजदूरी छोड़ देते हैं। इस तरह का दान केवल विधवा, वृद्ध और विकलांगों को लेना चाहिए। इसी बात को उसने कहावत के बतौर भी कहा कि 'विधवा रो रही थी तो सधवा चिल्लाने लगी।' बधरिया अपनी भड़ास निकाले जा रही थी।

"जब हम पढ़े खतिरा बोलत हौ, तो टोलवा के नयकी सब 'देखल छऊँड़ी समधीन' कह के हमका ताना दे हल। बाबू, अपन इज्जत अपन हाथ। कभी-कभी नइहर आवे ला हौ। हम काहे ई सबका मुँह लागू। जब तक भाई लोग हौ, इहाँ आन-जान रहत। ओ लोगन के नाहीं रहले पर कौन पूछत? 'अधिया खेत और नईहर कब छूट जात, का पता।"

भोजपुरी कहावत के साथ ही बधरिया यथार्थ भी बता गई कि अधिया खेत यानी बटाईदारी का खेत कब भूस्वामी छुड़वा दे और माता-पिता के जीवित नहीं रहने पर कब मायका छूट जाए, कोई ठिकाना नहीं।

"हमर का, दो-चार दिन ला आयल हौ। भाई जब तक जिंदा हौ, आवत-जात हौ। उनके मरला के बाद कौन पूछत। मुसहर जात अपन ससुराल छोड़ दोसर हित-नात नाहीं जानत। नवका छोकड़वा सब तो और मउग-मेहरा हो गेल हौ। अपन मउगी के डर से साँस नाहीं लेत। बाप-महतारी का तो पूछत नाहीं, फुआ और बहन का कवन बात हौ? बस यहन का जिम्मा

'जब ले जीअत छक के पिअत' वाली काम बच गेल हौ।"

उलाहने और हिकारत से न सिर्फ इस टोलेवालों को, बल्कि पूरी बिरादरी को ही नसीहत दे दी बधरिया ने।

"जानत हौ बाबू, हमर बेटा कहत हल कि सरकार मुसहर जाति के मेटिक और नन मेटिक पढ़ल लड़का-लड़की के खोजत हौ। नाहीं मिलले पर दोसर जात के विकास मित्र और टोला सेवक में बहाल होत। बड़-बड़ मुसहर टोली में भी मेटिक पास नाहीं हौ। देखु न, दोसरा बिरादर में पूरा परिवार पढ़ल-लिखल हौ। दोसर जाति के लोग अपन बेटा-बेटी के घर बेच के पढ़ावे ला तैयार हौ और इहाँ सरकार के कहला पर नाहीं पढ़त। मुसहर के बचवन को तो सरकार किताब-कौपी खतिरा छतरबिती (छात्रवृत्ति) और कपड़ा खतिरा अलग से पैसा दे हल। बाबू सूअर के संग रहत-रहत मुसहर का बुद्धि भी बिगड़ जात हौ। जब तक घर में खर्ची रहत। ई सब कमाए का नाहीं सोचत। अनाज और पैसा बचाके दुर्दिन खतिरा रखे के तो ई लोग कभी नाहीं सोचत। दो-चार दिन भी बीमार पड़ जात भा झापस (लगातार बारिश) लगा देत तो कटोरा उठ जात। कमात तो खूब खात और बइठारू (बेरोजगारी) में भूखे सो जात। बाबू, आज लोग कहत कि महँगी हौ। हम एके नाहीं मानत हौ। पहले मजदूरी कम मिलत भा अनाज मिलत। जेमे दो टाइम के खर्ची होत। आज डेढ़-दो सौ एक दिन का मजदूरी मिलत, जैसे एक हप्ता के खर्ची हो जात। ई सब चाहत तो पाँच-छह दिन का मजदूरी से महीना भर के खर्ची का चावल-गेहूँ खरीद लेत। भूखे रहे के नौबत तो नाहीं आवत। बाबू, दूर्दिन खतिरा भी दो पैसा बचावे का चाही, लेकिन ई लोग कभी नाहीं सोचत। जब तक देह चलत, कमात खात। देह थकले और बीमारी के बाद एड़ी घसीटत। एक-दूसर का कोई मदद भी नाहीं करत। अनजात दु:ख-सुख में एक-दूसरे का खूब मदद करत, लेकिन ई लोग का एक-दूसर से कोई मतलब नाहीं हौ। जे इन सबका हाथे कुछ पैसा और दारू दे दे, ओसे अच्छा दोसर नाहीं। हम तो सोचत हौ कि आपके बतिया ई सब कइसे सुनत हौ? कुछ सुधार भी दिखत। इहाँ आवत हौ तो पढ़ाई-लिखाई खतिरा कुछ करूँ।"

बिरादरी के विकास के प्रति चिंतित बधरिया ने आग्रह किया।

"आप आई हैं, तो आप भी कुछ सलाह दीजिए। बताइए कि दुनिया कहाँ जा रही है। ये लोग बहुत पिछड़ जाएँगे। आपके दोनों बेटे पढ़-लिख रहे हैं। क्यों नहीं यहाँ भेजकर कुछ दिन टोलेवालों को समझाने के लिए कहती हैं। उनका ममहर है। अपनी जाति और रिश्तेदार के पढ़े-लिखे लड़कों को देखकर इनकी प्रेरणा जगेगी।"

"सब करके थक गेली बाबू! दो साल पहले एक बार दोनों बेटों के संग यहाँ आयल रहे। दोनों बेटा इहाँ के मरद-औरत को बहुते समझाए। ओ बखत तो ई लोग अच्छा-अच्छा केले, लेकिन फिर जस-का-तस। इहाँ का हाल देख, दोनों बेटा उब गेल। बेटा कहऽ सो कि इहाँ का मुसहर नाहीं सुधरत। दिन-रात शराब और गाली-गुप्तार। तीन दिन बाद हमका इहाँ छोड़ दोनों बेटवा गाँव चल गेल। बहुते नराज होत कि इहाँ के मुसहर सबका सुधारे में हम सब ही बिगड़ जैते।"

"आखिर क्या उपाय है? कुछ तो करना चाहिए।"

अपने सामने दो-तीन नंग-धड़ंग बच्चों की ओर इशारा करते हुए उसने विषय बदला।

"इहाँ बस एकै काम हौ बाबू, शराब पी के लड़ाई-झगड़ा और कुत्ता-सियार जैसा बच्चा जनमना। अइसा हाल में कभी विकास होत? अधिक लड़का पैदा करे से का फायदा? एक नाहीं तो दो बच्चा के बाद तो जरूर नसबंदी करावे के चाहत। हमरे हिआँ तो टोला में नर्स और आशा लोग नसबंदी, कोपरसी (कॉपर-टी) और टीका के लिए बहुते जोर देत हौ। जानत हौ बाबू, सबसे पहले टोला में हमर पतोह का नसबंदी भेल। मत पूछूँ बाबू! नसबंदी के बाद पूरा मुसहर टोली में बवाल हो गेल। पुतोहिया से अधिका हमरे दूर-मार कर देली सो। मरद से लेके औरत तक हमके बहुते बोलत। कहऽ हासो कि 'नसबंदी करा के नया चलन चलावऽ हे टोला में। मिहनत-मजदूरी करके खायेला हौ तो कम बच्चा काहे। भगवान् जे देले हौ, ओका लेवे में का हर्ज'। हम चुपचाप सब सह गेली, लेकिन बेटवा एको शबद नाहीं बोललख। कहऽ हल कि माई जे करी ठीक हौ। दो नन्हका (बेटा) के बाद नसबंदी हो गेल।"

बधरिया की बात पर एक अधेड़ महिला ने कबूतरी की ओर इशारा किया। अजीब तरह से मुँह को दाएँ-बाएँ ऐंठकर अपने दाहिने पंजे को महाभारत के पात्र शकुनि के पंजे की तरह पलटा। उसके पंजे से अँगूठा और तर्जनी आगे बढ़कर निचले होंठ पर टिक गए। कुछ अन्य महिलाओं ने भी अपनी भाव-भंगिमा से उसे मौन समर्थन दिया। बधरिया उन्हें नहीं देखी। वह बोले जा रही थी।

"पतोह को छह सौ रोपाया मिला। शुरू-शुरू में तो टोलवा के मउगी और ओके माई (बहू की माँ) से कुछ कहा-सुनी भेल, लेकिन बाद में पतोह कवनों का बात नाहीं सुनत। अब तो कहऽ हौ कि 'अम्माजी, अच्छा भेल जे हम नसबंदी करा लेली। अधिका बाल-बच्चा से परेशानी होत।' पतोह भी मेटिक का इम्तिहान देले हौ। बाबू, मुसहरिन को तो नसबंदी पहिले करावे ला हौ, काहे कि मुसहर का बच्चा तो शादी भेल कि अलग हो जात हौ। फिर मर-मर के बच्चा पाले से कौन फायदा? पूरा जिंदगी गूह-मूत करे में बीत जात। लरकोर (बच्चा जननेवाली महिला) की देह का कोई संयम नाहीं होत। गरीबी के कारण घर में खरची (भोजन) का लाला पड़ल रहत तो पुष्टई खाना और मशाला (गरीब एवं मध्यमवर्गीय परिवार में बच्चा पैदा होने पर प्रसूता के लिए मसाला बनता है।) का जोगाड़ कहाँ से होत। दस दिन भी न होत कि मिहनत-मजदूरी के काम शुरू हो जात। साले-साले बच्चा भेले पर देह टूट जात। बाबू, गरीब के औरतन को गंजन हौ गंजन। दोसर जतिया में तो घर के लोग बचवन के खेलावत भी। बड़ जाति में मरद लोग औरत के साथे मिल के घर का काम भी करत, लेकिन हिआँ तो सब जमींदार हौ। पूरा काम औरते का जिम्मा। ऊपर से खाना-पानी और मिहनत-मजदूरी। बाबू, ई सब समझत नाहीं कि नसबंदी मुफ्त में होत हौ और ऊपर से रोपेया भी मिलत। कम बच्चा होखे से शरीर भी ठीक रहत। साले-साले बच्चा पैदा होखे से बहुत कमजोरी और नया-नया बीमारी होत हौ। बच्चा भी बहुत दुबर-पातर (कुपोषित) होत। मुसहर टोली के कतिना बचवन का रतौंधी होत हौ, जबकि दोसर जाति के बचवन का ई रोग अब सुने में न आवत। ई टोला के कोई बच्चा का पेट निकलल हौ तो कोई का सालों से पातर पैखाना होत। बाप-माई

को अपन बेटा-बेटी खतिरा कोई चिंता नाहीं हौ। रोग भेले पर डॉक्टर-वैद्य किहाँ जाए का नाम नाहीं लेत। बहुत भेल तो झाड़-फूँक और नाहीं ठीक भेल तो छवना का पूजा। अरे, सूअर के बच्चा चढ़वले से रोग ठीक हो जात, तो ई सब बड़ा-बड़ा अस्पताल काहे का बनत! बाबू, हम पूजा-पाठ के मना नाहीं करत, लेकिन कुछ समझे का चाही। रोग तो रोग हौ। रोग का जानत राजपूत, बाभन और चमार। साफ-सुथरा और खान-पान से रोग का असर कम हो जात, लेकिन इहाँ उल्टे हौ। अरे, कोई रोग होत तो डॉक्टर से तो दिखा लेवे का चाहत। सरकारी अस्पताल में सब दवा नाहीं, लेकिन जरूरी दवा और सलाह तो मुफ्त में मिलत। ऊ डॉक्टर गलत सलाह तो कबो नाहीं देत। बाबू, चाहे कोई कुछ कहत, सरकार गरीब खतिरा बहुते करत हौ। बच्चा पैदा भेले पर लरकोर (जच्चा) को पैसा, बच्ची पैदा भेले पर दो हजार का कागज (मुख्यमंत्री सुकन्या योजना), पढ़े खतिरा कपड़ा, साइकिल और छतरबिती, बूढ़ लोगन का पेंशन और गरीब का मरले पर जलावे खतिरा डेढ़ हजार (कबीर अंत्येष्टि योजना) मिलत। जे थोड़ा जवानी में मर जात ओकरे परिवार को बीस हजार (राष्ट्रीय परिवार लाभ) बाद में मिल जात। बाबू, बीस हजार रोपेया लागी कुछ पैसा दलाल ले लेत, काहे कि एमा बहुत कागज जुटावे का पड़त। हम तो कहत कि कोई बात नाहीं, मरले के बाद कौन पूछत हौ? सरकार से बीस हजार रोपेया मिलत और हजार-दो हजार लाग जात तो कौन बुरा हौ। मुफ्त के बैल का दाँत का देखे का हौ?"

बधरिया ने महिलाओं की ओर इशारा करते हुए सरकार के प्रवक्ता के बतौर सोदाहरण वर्णन कर दिया। मुख्यमंत्री नीतीश कुमार द्वारा संचालित योजनाओं में से गरीबों के हितार्थ संचालित आधा दर्जन से अधिक का लाभ बता दिया बधरिया ने।

"सरकार गरीबों के लिए जो काम कर रही है, उससे आप खुश हैं?"

"एमा खुशी और दुःखी के का बात हौ बाबू! आपे देखूँ। पहिले मुसहर जाति का कोई आदमी मर जात, तो सावंग (हैसियत) वाला गोइठा-लकड़ी खरीद के भा माँग-चाँग के लहास (लाश) जला देत। जेका सावंग न रहत ऊ तो जानवर की नाई लहास माटी में गाड़ देत। आपे बताऊँ, भला हिंदू का

लहास मुसलमान के नाई माटी मा गड़ात हौ? अरे, ई तो गरीबी जो न करावे। अब एक बात तो हो गवा कि कोई मुसहर का लहास माटी में नाहीं गड़ात। सरकार डेढ़ हजार रोपेया दे देत। ओते पैसा से लकड़ी-गोईठा खरीदकर लोग लहास जला देत। कभी-कभी मुखिया के नाहीं रहले पर लोग हथफेर (उधार) रुपया लेके समान खरीद लेत और दो-चार दिन बाद मुखिया पंद्रह सौ रोपेया लौटा देत।"

"डेढ़ हजार रुपए कौन देता है? कैसे मिलता है?"

सामाजिक सुरक्षा योजनाओं के प्रति उनकी जानकारी टटोली।

"नीतीश बाबू के आदेश से रोपेया मिलत। उनका आदेश हौ कि सब गरीब को लहास जलावे ला पैसा दो। मुखिया अपन घर से देत हौ का? आदमी के मरले के बाद लोग मुखिया से बतावत और ऊ डेढ़ हजार रोपेया दे देत। कभी मुखिया न रहत तो उधार-पाइच लेके लहास जला देत और मुखिया के ऐले पर पैसा मिल जात। ई तो बहुते अच्छा हो गेल बाबू! अब गरीब-अमीर सबका लहास जल जात। नीतीश हमन खतिरा बहुत करत हौ।"

बधरिया मुख्यमंत्री नीतीश कुमार द्वारा शुरू 'कबीर अंत्येष्टि योजना' की चर्चा कर रही थी। इस योजना के तहत बी.पी.एल. परिवार के सदस्यों की मृत्यु के बाद दाह-संस्कार के लिए सामाजिक सुरक्षा योजना के तहत डेढ़ हजार रुपए दिए जाने का प्रावधान बता रही थी। इस योजना के पूर्व अति निर्धन मुसहर और कुछ अन्य अनुसूचित जाति के परिवार के सदस्यों की मृत्यु के बाद पैसे के अभाव में शव को दफना दिया जाता था। आज भी कई मुसहर टोलियों की बगल में मुरघटिया (जहाँ इनके शव दफनाए जाते थे) है।

"एक बात हमर सुनूँ!"

इस बार प्रश्न की इजाजत लेते हुए कबूतरी ने पूछा।

"साहेब! नसबंदी करावे में छह सौ मिलत हौ और बच्चा पैदा भेले पर चौदह सौ रोपेया। फिर नसबंदी करावे में फायदा का हौ, आपे बताऊ। बच्चा पैदा करे से सवांग-के-सवांग और पइसा-का-पइसा।"

हठात् लगा कि परिवार नियोजन के लिए प्रतिबद्ध सरकार के पास

भी कबूतरी के इस तर्क का दो टूक कोई जवाब नहीं, खासकर अशिक्षा और रूढ़िवाद में जकड़े समाज के लिए। इस प्रस्ताव को केंद्र और राज्य सरकार के पास तत्काल भेजना चाहिए। वास्तव में आबादी एक ऐसी जटिल समस्या है, जिसके कारण लगातार चलाई जा रही बड़ी-बड़ी योजनाएँ और आधारभूत संरचनाएँ बौनी साबित हो रही हैं। सड़क, अस्पताल, बस स्टॉप, रेलवे स्टेशन और स्कूल-कॉलेजों के आखिर विस्तार की भी कोई क्षमता है। प्राकृतिक संसाधनों के भी विदोहन की एक सीमा है। बढ़ती आबादी के कारण योजनाओं का आकार सुरसा की तरह मुँह बाए जा रहा है। सरकार संसाधन जुटाने में परेशान है। लोगों को ग्रामीण और शहरी भीड़ से घुटन हो रही है।

परिवार नियोजन के लिए प्रोत्साहन राशि दो हजार, जननी बाल सुरक्षा योजना के तहत ग्रामीण क्षेत्रों में एक हजार चार सौ और शहरी क्षेत्र में एक हजार रुपए है, बावजूद 'जन को धन' बतानेवाले गरीब परिवारों के बीच पर्याप्त जागरूकता की आवश्यकता है।

"फुआ! बाबू बुलावऽ हे। जल्दी चल।"

एक बालिका ने बधरिया का आँचल खींचते हुए कहा। बधरिया ने उसे हाथ से रुकने का इशारा किया।

"देखू बाबू! एके महतारी का अपन बेटी का केश धोए ला समय नाहीं हौ। बेमतलब बतकही से ओके फुरसत नाहीं मिलत कि अपन बाल-बच्चा पर ध्यान जात। एक रोपेया के शेम्पू से बाल चकचका जात कि नाहीं, आपे बताऊ। मुसहर का लोग गंदा रहत और दूसर जतिया का लोग छिह-छिह करत, तो दोष सरकारे के हौ ? अरे, सब काम पइसे से नाहीं होत हौ। नहाए-धोआय में कौन पइसा लागे का हौ। ई मउगी सबसे कह के थक गेली कि बाल-बच्चा रोज नहायत तो कोई मुसहर से न घिनात, लेकिन हमर बात कोई नाहीं सुनत। अरे बाबू, आदमी के कोई जाति और खून बदबू नाहीं देत। बदबू तो देह का गंदगी से निकलत और जाति बदनाम हो जात। मुसहर जाति का अधिकतर आदमी का देह फोकरायन (बदबू से युक्त) महकत। गाँव-घर होत भा ट्रेन-बस आदमी मुसहर को देख के नाक सिकुड़ा लेत। अपने पास

सटे नाहीं देत। हमा–सुमा (हम सब) का देह काहे नाहीं बसात! रोज नहा के कपड़ा बदले में का लागत। कोई काम भले छूट जात, लेकिन बिन नहाय हम खाना नहीं खात हौ। एक कहावत हौ बाबू—'लिपल–पोतल डेहरी और पेन्हल–ओढ़ल मेहरी।'

स्वच्छता और सौंदर्य को इंगित करते हुए भोजपुरी कहावत बधरिया ने कही, यानी घर की सुंदरता लिपाई–पुताई और महिलाओं का सौंदर्य पहनने-ओढ़ने से बढ़ता है। बधरिया को बुलाने आई लगभग आठ–नौ साल की उस बालिका के बाल बेतरतीब बिखरे थे। फ्रॉक के सभी बटन टूटे हुए थे और नंगे पाँव थी। एक हाथ में तीन–चार रंग उड़ी चूड़ियाँ और दूसरे हाथ में पतला स्टील का कड़ा। गरदन में काले डोरे के साथ लटकती काले कपड़े में गूँथा एक तावीज। शायद जादू–टोने से बचाने का कवच!

सड़क से आकर पुरुषों की टोली भी बगल में बैठ चुकी थी। उनकी ओर से बात शिवरतन ने शुरू की।

"जानते हैं सर, रोजे–रोजे एक्सीडेंट का कारण दारू पीके गाड़ी हाँकना है।"

अन्यमनस्क भाव से 'हूँ' किया, लेकिन सिर नहीं उठाया।

अभी मन में बधरिया की बातें कौंध रही थीं। जनसंख्या नियंत्रण, शिक्षा और स्वच्छता के प्रति कितनी सकारात्मक सोच! स्थानीय वातावरण में हासिल छोटे अवसर के बाद कितना बदल गई है बधरिया!

लोहियाजी ने ठीक ही कहा था—

"अवसर दो, स्थितियाँ स्वयं अनुकूल हो जाएँगी।"

नोट—*इसका प्रयोग भी कर चुका था। भोजपुर जिले के उदवंतनगर प्रखंड के चोराई मुसहर टोली में एक दिन बारह पुरुषों का बंध्याकरण। जिले के बंध्याकरण शिविर में एक साथ दर्जन भर मुसहर जाति के लोगों का बंध्याकरण का रिकॉर्ड कायम हो गया था। करीब दस दिनों के लगातार प्रयास और प्रभारी चिकित्सक की सलाह का परिणाम थी वह उपलब्धि।*

सरकार ने अब जननी बाल सुरक्षा और नसबंदी दोनों के लिए प्रोत्साहन राशि 1400 कर दी है।

बधरिया के साथ भी यही सब चल रहा है, अन्यथा अति निर्धन टोले की किसी महिला का नसबंदी का जबरदस्त समर्थन आसान नहीं है। अन्य मुसहर टोलियों में इसके लिए पूर्वग्रह दिखता है। साफ-सफाई के प्रति भी दृष्टिकोण स्पष्ट है। घर में एक बेटा शिक्षा मित्र, दूसरा एम.ए. का छात्र और बहू मैट्रिक की परीक्षार्थी। देवर जन वितरण प्रणाली का दुकानदार और देवरानी वार्ड मेंबर, यानी इक्कीसवीं सदी के सामाजिक, आर्थिक और राजनीतिक विकास का प्रादुर्भाव उसकी दहलीज पर। आवश्यकता सिर्फ गति देने की है। उसका परिवार भी अब अछूत नहीं, बल्कि राज्य के लाखों प्रगतिशील दलित परिवारों की विकास दौड़ में शामिल एक परिवार। अपनी तरफ मेरा ध्यान नहीं देख शिवरतन एक युवक को वार्त्तालाप का हिस्सा बनाते हुए कहने लगे।

"गाड़िए में माइक बजाता है। सा···मस्ती में रहता है सब। जे चिमनी पर पिछले साल हम काम किया, वहाँ एक सोनुआ था। बित्ता भर का लौंडा, ट्रैक्टर से ईंटा उतारता था। थोड़े ही दिन बाद मालिक के बेटा से इयारी गाँठ के ट्रैक्टर हाँकने लगा।"

शिवरतन मेरी ओर देखकर बोलने लगे।

"हाल में उसे स्टेशन पर जीप चलाते देखा। ई बताइए, ऊ ससुरा एक्सीडेंट न करेगा तो का करेगा? सालेभर में ईंट भट्ठा के रेजा (मजदूर) से ट्रैक्टर ड्राइवर और फिर जीप के ड्राइवर। साहेब! ई सरकारें कुछ नहीं करत हौ। अइसा लौंडों को पकड़ के चुतर लाल कर देवे का चाहत। ऊपरे से हरजाना लगा देत तो मजा आ जात। अरे, सजा नहीं मिले तो मन बढ़ जात हौ। ई सब मस्ती में गाड़ी हाँकत हौ। टेप इतना तेज बजाता कि दोसरे गाड़ी का हरन (हॉर्न) सुनाइए न दे। आपे सोचूँ। भीड़-भाड़वाला इलाका हौ और इहाँ से उहाँ तक एक ठोकर (स्पीड ब्रेकर) नहीं। सड़क किनारे कई ठो स्कूल और अस्पताल हौ। रसा···जहाज जइसा गाड़ी चलाता है सब।"

उड़ते हवाई जहाज की तरह हाथ को साठ डिग्री में उठाए शिवरजतन। वे कम उम्र और नौसिखुए चालकों के प्रति अपनी भड़ास निकाल रहे थे, साथ ही अस्पताल और विद्यालयों के समीप स्पीड ब्रेकर नहीं होने की शिकायत भी की।

"आप बिल्कुल ठीक कह रहे हैं। ट्रैक्टर पर टेप रिकॉर्डर बजाकर बहुत तेज गाड़ी चलाता है। पीछेवाली गाड़ी का हॉर्न ही नहीं सुनाई देता। इसके कारण तेज वाहनों को पास मिलने में कठिनाई होती है और दुर्घटनाएँ भी। इस पर जरूर रोक लगनी चाहिए।"

समर्थन करते हुए उन्हें प्रोत्साहित किया।

"साहेब, एक बात पक्का बता देत हौ। जे नयका लौंडा सब गाड़ी जहाज जैसा हाँकत, समझो ओके पास लेसेंस नाहीं हौ। सरकार कभी चेक भी नाहीं करत। बिना लेसेंसवालों को तो जेल में ठूँस देत। नाहीं तो हजार-दो हजार हरजाना लगा के हगा देत साले को। फिर नामे नाहीं लेता बिना लेसेंस के गाड़ी चलावे का। इहाँ तो कोई नियम-कानून नाहीं हौ। जेका जो मन करे, करत हौ। सरकारे की ओर से कोई रोक-टोक नाहीं।"

"माई पत्थरवा चुन। हम नयकी घर से आवही।"

सूप में लगभग एक किलो मोटा चावल लेकर झुनिया ने अपनी माँ को दे दिया। यह वही झुनिया है, जिसको गोधन मुसहर की पत्नी पनकी ने आठ-नौ साल पहले नहर किनारे से उठायी थी।

हालाँकि मुझसे मोहल्ले के दुकानदार कल्लू ने इस झुनिया के संदर्भ में एक माह पहले ही सबकुछ बता दिया था।

"सुबह के वक्त अबोध बच्ची के नहर किनारे पड़े रहने की खबर पूरे टोला में दावानल की तरह फैल गई थी। सबके साथ पनकी भी बच्ची को देखने वहाँ पहुँची। महिला-पुरुष सिर्फ आह-आह कर रहे थे। कुछ लोग उस कलमुँही को गाली दे रहे थे, जिसने बच्ची जनकर नहर किनारे फेंक दिया था। कुछ उस माँ की गोद को सदा सूना रहने की बददुआएँ दे रहे थे। कुछ उस अभागी और अनजानी माँ की बेबसी पर तरस भी खा रहे थे। जाने किस मजबूरी में कुलक्षणी माँ ने यह कदम उठाया होगा। बेचारी ने लोक-लाज के डर से या परिजनों के दबाव में ऐसा की होगी। किसी की टिप्पणी थी, "बेटी है, इसलिए फेंक दिया।" जितने मुँह, उतनी बातें। पनकी से बच्ची का रोना सहा नहीं गया। उसने छाती से लगा लिया। पनकी के दो बेटों का विवाह भी

हो चुका है। दोनों अलग-अलग हैं। झुनिया को लेकर तीन बेटी अभी सिर पर हैं। लेकिन लगाव सबसे ज्यादा झुनिया से। झुनिया इसी उम्र में बिना माई को खिलाए कभी नहीं खाती। क्या मजाल कि कोई झुनिया को लावारिस और टूअर-टापर बोल दे। पनकी जीना हराम कर देगी। पनकी का अंत्योदय योजना में नाम है। एक महीना राशन मिलता है तो दूसरा नागा चला जाता है। डीलर से शिकायत करने पर कहता है—

"तुम्हारे मरद का उम्र 50 साल भी नहीं। ज्यादा बोलोगी तो अंत्योदय से नाम कटवा देंगे। राशन तो बंद होगा ही, ऊपर से जेल की हवा खाओगी। सरकार का माल मुफ्त में खाना कोई खेल थोड़े है। इस योजना का लाभ 60 साल के बाद के आदमी को मिलता है। जो मिलता है, ले जाओ।"

पनकी कहती, "गेहूँ तो कुछ ठीक भी देत, लेकिन चावल तो पता नहीं कहाँ से उठा लावत कि मुँह में नाहीं पड़त। मोहल्ला का कोई आदमी डीलर को नाहीं बोलत तो हम का बोलूँ।"

पनकी चावल से कंकड़ चुनने लगी और झुनिया हमउम्र एक बच्ची के साथ दौड़ते हुए गली से ओझल हो गई।

'हें-हें, मार-मार' की आवाज पर मैंने सिर घुमाया। चबूतरे से सटे बाईं ओर पीछे लगभग 5-6 साल का एक बीमार बच्चा बड़े कटोरे में माँड़-भात खा रहा था कि एक बड़े सूअर ने उसके कटोरे में थूथन घुसा दी थी। बच्चे ने हाथ से उसके थूथन को लगभग ठेलते हुए एक कौर भात अपने मुँह में डाल दिया। सूअर ने भी बीमार बच्चे के हाथ के दबाव को लगभग झटकते हुए कटोरे में मुँह घुसेड़ दिया। बगल में भूँजा खा रहे एक लड़के ने उठकर सूअर को एक लात मारी। सूअर चपर-चपर करते थोड़ा पीछे हट गया। इस बीच थोड़ी दूरी पर लेदरा सी रही बीमार बच्ची की माँ दौड़कर वहाँ पहुँची और बेटे की पीठ पर धड़ाम…।

"ई कोढ़िया से बोलऽ हौ, कि घरवे में खो, लेकिन ई काहे को माने।"

पीठ पर लगी चोट से असहज हो चुके बच्चे के हाथ से मुँह में जाने के

लिए तैयार कौर छिटक गया। माँ ने एल्यूमीनियम के कटोरे में बचे तीन–चार कौर भात को बगल में फेंककर उलाहना शुरू कर दिया।

"सब टुकुर–टुकुर ताकऽ हौ। अतने लोग भरल हौ, लेकिन कोई के आँख न हे कि हमरे बेटा के कटोरा में सूअरी मुँह डाल देलख।"

उसने बच्चे के आसपास बैठे लोगों को इंगित करते हुए कहा, लेकिन किसी ने कुछ जवाब नहीं दिया। अपने बच्चे को गोद में उठाकर ले जाने लगी कि अचानक एक बच्ची पर बिफर गई।

"तू अँधरे (अँधा) है का रे? अपने से खिला देत तो का हो जात। सूअर वोके कटोरा में मुँह डाल देलक और तू अँधरे की नाई बैठल हौ।"

"सपाक!"

खाली कटोरे को हवा में लहराते हुए बच्ची के पीठ पर दे मारा। बच्ची तिलमिलाकर असहज हो गई। संभवत: उसकी बड़ी बेटी या भतीजी रही होगी। दोबारा कटोरेवाला हाथ उठाने के लिए ताना कि बच्ची घर की ओर तेजी से भागी।

कटोरे का भात छिन जाने एवं पीठ पर चोट के कारण बच्चा 'हूँ–हूँ' कर रो रहा था।

महिला ने फिर चाँटा दिखाया।

"अबकी बार रोअत तो अइसा मरबई तोरे कि मर जेते।"

बच्चे को कमर पर दाहिनी ओर बिठाकर कोहनी से दबा दिया। बाएँ हाथ से अस्त–व्यस्त साड़ी खींचते हुए बगल में बैठे एक दस वर्षीय बच्चे पर भी भड़ास निकाली। कमर पर लिए बच्चा को कोहनी का दबाव असहज बना रहा था। महिला कटोरा हिला–हिलाकर बोले जा रही थी।

"बकर–बकर केले हासो। तनिका सूअर–कुकुर हाँक देत तो का हो जात। कुछ बोलले पर कहत सब कि मगहिनिया बेमतलब झगड़ा पैसत। अरे, हमका कवनो से का मतलब हौ। हमसे कवनो का काम बिगड़त न देखाल जात हौ।"

बच्चा का आँसू पोंछती घर की ओर चली गई।

महिलाओं ने संयुक्त रूप से बताया कि मगहिनिया (मगह क्षेत्र में मायका) बिना मतलब के भी अपने बच्चों को मारती रहती है। मोहल्ले के लोगों से खूब लड़ती है। अपने मरद का एक करम नहीं छोड़ती। मोहल्ले में कोई इसे मगहिनिया/पटनहिया तो कोई झगड़ैली के नाम से संबोधित करता है। बैठी महिलाओं ने बताया कि जिस बच्चे को उठाकर ले गई, उसे तीन दिन से बुखार है तो बगल में सरकारी अस्पताल के बावजूद दिखाया नहीं। कहती है कि "ठीक हो जात। इते बुखार तो कई बार आयल।"

"आप लोग उसके पीछे क्यों पड़ी हैं? नाहक तो कोई किसी को गाली-बात नहीं देगा। आप लोग उसे पटनहिया या मगहिनिया क्यों बोलते हैं? उसके या उसके पति के नाम से परिचय दीजिए और संबोधित कीजिए। पति के व्यवहार अथवा किसी अन्य कारण से चिड़चिड़ाए रहती होगी। कारण तो पता कीजिए।"

"हाँ, साहेब! एका मरद एका न जाने-माने। दारू पीके मारत भी हौ, लेकिन जे कहूँ (जो भी कहिए), ई मगहिनिया बहुते लड़ाकिन हौ। खोज-खोज के झगड़ा करत। अपन मरद और बेटा-बेटी के तो बिखनी-बिखनी (खराब-खराब) के गाली दे हौ। अगल-बगल के लोग एके देख के रास्ता छोड़ देत। झगड़ा से एका मन नाहीं भरत। हमसे तो बात-बात में झगड़ा रोप दे हौ।"

कबूतरी ने मगहिनिया का चरित्र चित्रण करते हुए कहा।

"जानत हौ साहेब! एका हाल ऊ मउगी की नाई हौ, जे झगड़ा खरीदे खतिरा बदनाम हौ।"

"मतलब?"

"साहेब! एक औरत हल। ऊ दिन-रात सबसे झगड़ा करत। ओ औरत से तंग आके मोहल्ला के सब औरत ओकरे से बात बंद कर देलख। न बात होत, न झगड़ा बढ़त। जब ओके मन नाहीं लागत, तो झगड़ा का बहाना खोज के इनरे (कुआँ) पर पानी भरे गेल। उहाँ बहुत औरत पानी भरत रहल। इनरा पर ओका बेटी आके पूछत हौ कि 'माई, एक किलो साग हौ, कतिना नमक

डालू?' ये पर ऊ औरत बोलल कि 'सवा किलो।' पनभरिन में से एक औरत बोल देलख कि 'कहीं एक किलो साग में सवा किलो नमक पड़त? ई तो अनेते न हौ।' बस, ऊ मउगी का झगड़ा करे का मौका मिल गेल। 'हम अपन साग में एक किलो नमक डालूँ चाहे सवा किलो, दूसर का एसे का मतलब!' इहे हाल हौ मगहिनिया का। बस झगड़ा करे का मिलत। केका दोष हौ और केका नाहीं, एसे मतलब न हौ। बस मगहिनिया के झगड़ा का खोराक मिलै का चाही।"

'झगड़ा का खोराक'

वाक्य पहली बार सुना था। हँसी आई, लेकिन मुसकराकर रह गया। मगहिना को 'झगड़ा का खोराक चाही'। ये अनपढ़ महिलाएँ भी झगड़े की जड़ का विद्रूप!

"कोई तो इस टोले में होगा, जिसकी बात मानती होगी या उसके घर से आने-जाने या खाने-पीने का संबंध रखती होगी। यह कैसे संभव है कि पूरे टोले से दिन-रात लड़ती-झगड़ती रहे। पागल तो दिखती नहीं है।"

"हाँ, मुनेशरा हौ। जेके संग हँस के बतियावत और···।"

और···के बाद शर्मिली लड़की की भाँति मुसकराहट के साथ मुँह पर आँचल रख कबूतरी! उसकी इस अदा से पहली बार रू-ब-रू हुआ। महसूस हुआ कि अदाएँ और बॉडी लैंग्वेज सिर्फ किताबी पढ़ाई नहीं, बल्कि परंपरा और देखा-देखी से भी एक-दूसरे तक पहुँचती है। जैसा कि बिल्कुल अनपढ़ और गरीब कबूतरी ने अपने व्यवहार और किस्सागोई से प्रस्तुत किया। बाद में मगहिनिया और मुनेशरा के नाम के बीच कबूतरी के शरमाने का राज पता चला कि दोनों को लेकर मोहल्ले में तरह-तरह की चर्चा है। अभी बात मगहिनिया पर ही टिकी थी कि कुरता-पाजामा पहने एक युवक ने एकाएक अपनी मोटरसाइकिल रोकी। करीब तीस-बत्तीस साल के उस युवक के साथ एक अधेड़ भी पीछे बैठा था। धोती-कुरतेवाले अधेड़ की गरदन पर दोनों ओर कलकतिया लाल चेकदार गमछा लटक रहा था। उन्होंने मोटरसाइकिल सिंगल स्टैंड पर लगाई ही थी कि चबूतरे के एक किनारे बैठे सुरेंद्र और यदु उनकी ओर बढ़ गए।

"सलाम जी!"

दोनों ने बिना हाथ उठाए सिर्फ सिर हिलाकर अभिवादन करते हुए कौतूहलवश उन पर नजरें डालीं।

"का हाल है, आज एतवार को कैसे-कैसे?"

इससे पहले कि युवक अपना काम बताता, मेरी ओर इशारा करके पूछा, "ई कौन हैं जी? पालथी लगाकर चबूतरे पर बैठे हैं। इनको हम बराबर इहाँ देखते हैं। कोई खास बात है क्या?"

सुबह-सुबह ही शराब के आगोश में आ चुके आगंतुक ने अंगुली का इशारा करते हुए पूछा। ये लोग कुछ जवाब देते, इससे पहले ही उसने दुहरा दिया।

"जेके-तेके फेर में मत पड़ना रे। ई का करने बराबर आते हैं?"

युवक ने भौंह टेढ़ी करके कहा।

बीच में ही सुरेंद्र ने बात काट दी।

"छोड़िए नऽ। बताइए, आज एतवार को कहाँ चले हैं? ई तो टोला के लड़कों को पढ़ाने के लिए आते हैं। बहुत अच्छा आदमी है। ई टोला में कंबल बँटवाए हैं। सभी बूढ़े और मुस्मात का पेंशन बनवा दिए। एक चापाकल भी। इनके आने के बाद इस टोला में बहुते काम हुआ है। टोला में साफ-सफाई से नहीं बुझाता है?"

सुरेंद्र ने बड़े इत्मीनान से कहा। वह यदु आदि युवकों के साथ काफी दिनों से चावल-गेहूँ के गोदाम में काम करता है। उसका रहन-सहन और भाषा भी अपेक्षाकृत कुछ अच्छी है।

"भोजन का जोगाड़ हम करें और बड़ाई इनका करते हो। अरे, पहले खाना का सोचो। ई किसी दूसरे चक्कर में आ रहे होंगे। इनको और कहीं जगह नहीं मिला तो इहाँ आके काहे बैठ गए। हम लोग दुनिया चराते हैं। आदमी को देखते ही पहचान जाएँगे कि बिना फायदा ई अपन समय काहे गँवाते हैं।"

"ई सब छोड़िए और सीधे-सीधे बताइए कि एतवार को का करने इहाँ चले हैं? अपना काम नहीं बता रहे और बिना मतलब कौन आता है और

कौन जाता है कि चर्चा कर रहे।"

"अरे यार, आज एतवार को भी हम आए हैं तो कोई कारण जरूर होगा। यही तो तुम लोग नहीं समझते। हम जब भी इहाँ आते हैं तो केवल भाषण तो नहीं पिलाते। हमरे कारण तुम लोगों का कुछ लाभ ही न होता है। हम भाषण-भूषणवाले तो हैं नहीं कि बुरबक बनाकर भाषण सुनाएँ और चलत बखत मदारी की नाई झोला फैला दें। कितना लोग पढ़-लिखकर रोड पर मारे फिर रहा है। इनके भाषण से तुम लोगों को क्या मिलेगा?"

लाल-लाल आँखों को भींचकर अपनी मोटरसाइकिल पर हाथ फेरते युवक ने कहा। उसके साथ का अधेड़ लगातार अपनी गरदन के दोनों ओर झूल रहे गमछे का अगला भाग दोनों बाजुओं से झाड़ रहा था, मानो उसमें धूल लगी हो।

"काम बताइएगा कि हम लोग जाएँ? आए हैं काम लेके और पिला रहे भाषण। साफ-साफ बोलने में क्या है? आपका ई सब बात हमको…"

सुरेंद्र झुँझलाते हुए बोला। सुरेंद्र और यदु दोनों उसकी मोटरसाइकिल से दूर हटने लगे।

"अरे, अरे…। गजब कर रहे हो तुम लोग। बात सुने नहीं और चल दिए। रुको-रुको।"

भौचक युवक ने सुरेंद्र और यदु को हाथ से रुकने का इशारा किया। अधेड़ ने अपने दोनों बाजुओं से गमछे का अगला हिस्सा लहराते हुए ठहरने का इशारा किया। दोनों मोटरसाइकिल से दो कदम की दूरी पर रुक गए।

"सुनो सुरेंद्र, माल आया है। उतारना बहुत जरूरी है। बैठा-बैठी में खर्ची का जोगाड़ हो जाएगा। आखिर आज दिनभर कोई काम तो है नहीं?"

"जाइए, आज कोई काम करने नहीं जाएगा। बहुत चले हैं खर्ची चलाने। एक पाट दारू का पी लिये, पूरा टोले को खरीद लेंगे। बिना मतलब बोले जा रहे।"

अपना हाथ हवा में लहराते हुए सुरेंद्र कह गया।

"अरे यार! सुनो तो। दो ट्रक माल आ गया है। उतारना है। चलो, मजदूरी जो जायज होगी, मिलेगी। मुफ्त में काम थोड़े करवाना है। क्यों इस

तरह नाराज हो रहे हो, आज क्या हो गया तुम लोगों को?"

युवक ने धीमी आवाज में अपने गुस्से को रोकते हुए कहा।

"मुफ्त में काम नहीं कराना तो जाइए, दूसरी जगह से आदमी खोजिए। काहे को इस टोले में बउआ (भटक) रहे। सबेरे-सबेरे अनाप-सनाप बोलने के लिए हियाँ आ गए। मुफ्त में कोई मजदूरी देनेवाला है? कहीं आदमी नहीं मिलता, तब न आते हैं इहाँ।"

सुरेंद्र के साथ रहे यदु ने इस बार नाराजगी जताते हुए कहा।

"सुनो सुरेंदर, जल्दी चलो। नखड़ा छोड़ो। कभी कम मजदूरी मिली है तुमको?"

इस बार युवक के साथ आए एक अधेड़ ने कहा।

"घोड़ा पर चढ़ले आता है लोग। जल्दी चलो, जल्दी चलो। रोज-रोज तो कमाते हैं देह तोड़ के। एक दिन आदमी आराम नहीं करेगा? इनके बोलै का आदत न छुटत।"

कहकर वहाँ से सुरेंद्र हटने लगा।

युवक ने दो कदम बढ़कर सुरेंद्र का हाथ पकड़ लिया।

"अरे यार, दो गाड़ी माल (चावल अथवा गेहूँ) आया है। ड्राइवर कहता है कि आज ही खाली करो। पाँच-छह लोगों को लेकर चलो। बढ़िया मजदूरी मिल जाएगी। ड्राइवर सहेबवा बहुत मिजाजवाला है। बैठकी भी होगी। थकान दूर।"

युवक ने इस बार मजदूरी के साथ शराब का भी प्रलोभन दिया। सुरेंद्र ने यदु की ओर देखा और उसके मुँह सिकुड़ाने को असहमति मानकर कह दिया—

"आज एतवार है। कोई नहीं जाएगा।"

"चलो यार, बइठारू में सौ-दो सौ हो जाए तो क्या हर्ज? दो घंटे का भी काम नहीं है।"

अंतिम पासा फेंकते हुए युवक ने कहा।

"ना जी, रोज-रोज तो देह ठेठाइए रहा है आदमी। आज नहीं जाना।"

यदु ने भी सुरेंद्र से आँख मिलाते हुए कहा।

"आदमी एक दिन आराम करेगा। कपड़ा भी हमको धोना है। तीन दिन तो नहाए हो गया। समय कहाँ मिलत कि नहाय। साँझी पहर (संध्या) बाजार जाना है। घर में सामान नहीं है। मेहरारू कले से हल्ला केले है।"

गमछे से शरीर झाड़ते सुरेंद्र ने कहा।

"कब से पानी पीए (नाश्ता) खतिरा बोलावऽ ही तोहका, एने-ओने घुमे से फुरसते न हे। हमरा बाजारे जाए का हे।"

अभी इन लोगों के बीच बात चल ही रही थी कि सुरेंद्र की पत्नी उसे नाश्ते के लिए बुलाने चली आई। बाहरी व्यक्ति को देख अपने सिर से सरकते आँचल को सहारा देकर माथे पर ठहराने का प्रयास करने लगी। वह साड़ी से मिलते रंग का एक चमकदार स्टॉल गरदन में लपेटे हुए थी। स्थिति को अपने अनुकूल समझ मुंशी किस्म का वह युवक सुरेंद्र की पत्नी से मुखातिब हुआ।

"देखिए न, दो ट्रक माल आया है। कह रहे हैं कि चलो उतरवा दो, सौ-दो सौ रुपया मिल जाएगा। ई लोग नहीं जा रहे हैं। यहाँ बैठकर क्या करेंगे? बैठने से बेगारी भला। ई लोग तो उनका (मेरी ओर इशारा किया) भाषण सुन रहा है। उससे पेट भरनेवाला है का?"

"न दूर होखेलन। आज एतवारे के कवन त काम प जतवऽ। रोज उगला से डुबला (सुबह से शाम) तक काम करे से पेट नाहीं भरे तो आज एक दिन काम करे से का हो जात?"

बात खत्म होने के पहले ही तिरछी नजर डाल चुकी सुरेंद्र की पत्नी तपाक से बोली। युवक की सोच के विपरीत अपनी राय देते हुए सुरेंद्र की पत्नी ने उसे हिकारत की नजर से देखा।

"चलत काहे नाहीं हौ। सब बाजार जाए ला तैयार हौ। देर मत करऽ। आज एतवार के पहिले गेला पर ही बढ़िया छाँट (कटे मुरगे का बेकार मांस एवं चमड़ा आदि) मिलत, नाहीं तो खाली टँगरी (पैर) मिलत।"

वह बगल में खड़ी एक महिला से हामी भराने के लिए सुरेंद्र को बोलकर मुड़ने लगी।

"तुमको न बाजार जाना है? इनको तो कहीं जाना नहीं है। घर में

बैठकर क्या करेगा। समझाती काहे न हो तुम। केवल भाषण सुनेगा सभी लोग आज?"

अंतिम वाक्य मेरी ओर इशारा करते हुए युवक ने दुहराया।

"ऐ! फटर-फटर का करत हौ जी। उनका भाषण सुनेगा लोग कि घर में सोएगा। एसे तोहका कौन मतलब? ओह साहेब के बारे में कुछ न बोलऽ, नाहीं तो इहाँ के नवहिया (युवक) तोहर काँची निकाल देतवऽ। आयल हौ बोरा उतरावे खतिरा और सटर-सटर मुँह चलावत हौ। लागत कि टोलवा में कवनो का जबान न हे। बस इनकरे बोले आवत हौ। तबै से सुनत हो इनका बात। अपन काम ला आयल हौ तो अपन बतियावऽ। फिर टोलवा में का होत और टोलवा का लोग का खात, एसे तोहरे का मतलब? जवाब सुनै खतिरा बेहाल हौ का? जा हियाँ से, आज कोई मरद काम पर न जतवऽ।"

अचानक रुख बदलते हुए सुरेंद्र की पत्नी झल्ला उठीं। अपने दाहिने हाथ की मुट्ठी को दो-तीन बार छाती की सीध में आगे-पीछे ले जाते अंतिम वाक्य के साथ चेतावनी दी।

"का दीदी, जब से साहेब इहाँ आए, टोला में दारू बहुते कम हो गेल हऽ न? घर-घर कमरा (कंबल) हो गवा। आज तक एगो पईसा खरच केले हऽ तू?"

अभी-अभी वहाँ पहुँची करीमन की पत्नी से हामी भरवाते हुए उसने युवक से मेरी ओर इशारा करते हुए कहा।

"जब आवऽ हौ तो कामे खतिरा। तोरा संग जे जा हले, ऊ साँझ में दारू पी के लोटत आवऽ हे। कबो सोचत कि घर में एका बाल-बच्चा और मेहरारू हौ कि नाहीं। काहे ने कवनों के बेटवा-बेटिया के मिठाई ला देत हौ। चार पैसा कमात और तीन पैसा दारुए में खर्च कर देत। का होयत ई कमिनी? ए से तो अच्छा घरवे में रहौ, अपन बाल-बच्चा के साथ। औरत सब कमा के भोजन चला देत। हो! तू सब जा टोला से आज। अरे, हम कह देली कि मुसहर जब एक बार 'ने' कह देले तो 'हे' न करी। ओके गरदनों काट देवे पर आपन जबान नाहीं बदलत। कौन फेर में हौ तू? आज कोई दोसर भले जइते,

ई (सुरेंद्र की ओर इशारा करते हुए) नाहीं जइते। चलऽ हौ काहे न हो?"

आँखें तरेरते हुए उसने अपने पति को हाथ का इशारा किया और बुदबुदाते हुए घर की ओर बढ़ने लगी।

"सलाम साहेब!"

मुझ पर नजर पड़ते ही साड़ी का पल्लू सँभालते उसने अभिवादन किया।

मोहल्ले के लोगों ने बताया कि ट्रक से सामान उतरवाने के लिए मुंशी टाइप कुछ लोग यहाँ अकसर आते हैं। कभी-कभी वे इन लोगों को लेकर पहले बगल की दुकान पर ज़ाते हैं। वहाँ सूअर के तले मांस के साथ अवैध देशी शराब पिला देते हैं। तब गोदाम के लिए प्रस्थान करते हैं। घर से कहकर ले जाते हैं कि नाश्ता नहीं किया है, तो उधर करा देंगे, लेकिन नाश्ते की जगह सुबह-सुबह देशी शराब। टोले की महिलाएँ कहती हैं कि गोदाम में काम करनेवाला अधिक कमाकर क्या करता है? कमाई के आधे पैसों की रोज शराब पी जाता है। इससे बढ़िया तो ठेला चलानेवाला है। दोपहर में घर आकर खाना खा लेता और शाम को साग-सब्जी भी लाता है। सुरेंद्र की पत्नी टोले की अन्य महिलाओं की अपेक्षा थोड़ी तहजीबवाली है। लगभग दो माह पूर्व मेरे लिए बगल के घर से कुरसी माँगने गई थी। घरवालों ने बहाना कर दिया। दूसरे ही दिन अपने अलग हो चुके देवर महुआ मुसहर से दो कुरसी खरीदवाईं, ताकि किसी के घर से कुरसी माँगने की आवश्यकता न पड़े। बहुत दिनों से रखे पाँच सौ रुपए में से साढ़े चार सौ रुपए की दो प्लास्टिक की कुरसियाँ खरीदी थीं। इस बात को कई लोगों के सामने साधु मुसहर ने उसकी तारीफ करते हुए बताया था। साथ ही उसके स्वाभिमान से जुड़ी अन्य कई घटनाओं का भी जिक्र किया था। साधु मुसहर ने यह भी बताया था कि सुरेंद्र की पत्नी अमनिया (साफ-सुथरा एवं पवित्र) लोटा रखती है, जिसका उपयोग सिर्फ पूजा-पाठ और अनजात (दूसरी जाति) के लोगों को पानी पिलाने के लिए करती है।

अपने ससुर से बोल रही थी कि

"साहेब का पानी पिए ला पूछ लेल करब। घंटा-दो घंटा टोलवा में रहले

पर भूख नाहीं तो प्यास जरूरे लागत।"

टोला के औरत-मर्द को भी रविवार को चबूतरे पर नहीं आने पर नसीहत देती है। बोलती रहती है—

"साहेब, तोहनी लागी आयल हौ, तू सब चुल्हानी में मुँह डालके रहऽ सो। अच्छा-अच्छा बात तोहनी सबके सुने के मन न करऽ हे। दिनभर अचरा-पचरा गावऽ हसो। फलनवा का घर मा का बनत और केसे केका खूब छनत। टोला का मउगी दिनभर कुचरई बतियावत हौ।"

अपने ससुर साधु मुसहर और भैसूर के कारण वह चबूतरे पर बैठने से परहेज करती है, लेकिन अकसर चबूतरे से सटे मरहम मुसहर के बरामदे में बैठकर बातचीत सुनती है। उस वक्त सिर आँचल से ढका रहता है। साधु मुसहर को अब मजदूरी करने नहीं देती। हट्टा-कट्टा होने के बावजूद उनके घुटने में सूजन है। चलने-फिरने में बहुत मुश्किल होता है। वह पूरे टोले का इकलौता उदाहरण है, जिसमें कोई बहू अपने ससुर को मजदूरी करने से मना कर अच्छी तरह से खिलाए-पिलाए। कभी उलटकर जवाब नहीं दे और कपड़े-लत्ते पर विशेष ध्यान दे।

कहती है—

"चार-चार जवान लड़का कमा रहल हौ। सब मिलके एक बाप का पेट नाहीं भर सकत, तो अइसा बेटा से बिन बेटा का जीअल ठीक हौ। बड़ जतिया के कवनो मरद अपन बूढ़ बाप के मजदूरी करावत हौ का? उल्टे तिरथ-बरत करावत और रोज गोड़-हाथ दबावत। ई टोलवा के सब दोसर जतिया के बस कोठा-आलमीरा और धन देखत। अपन बाप-महतारी के दिन-रात गरियावत हौ। बड़ जतिया के लोग अपन माई-बाप संग का करत हौ, ई नाहीं देखत। अरे, अपन अकल न होत तो बढ़िया चीज का नकल करे का चाही।"

बहू की पहल पर साधु मुसहर चारों बेटों के यहाँ बारी-बारी से खाते-पीते हैं, लेकिन नियमित चाय का बंदोबस्त वही करती है। खैनी-बीड़ी का पैसा भी पूछती रहती है। साधु मुसहर छूटे मुँह बिना जरूरत के भी उसकी तारीफ करते रहते हैं।

"सुरेंदरा बऽ ये की, सुरेंदरा बऽ वो की। सुरेंदरा बऽ जैसा चाह (चाय)

टोला के कोई औरत नाहीं बनावत। ओका बनावल तरकारी (सब्जी) तो मुँह से नाहीं छुटत।"

सभी बेटों की तुलना में इस बहू की ही तारीफ करते रहते हैं। अपनी प्रशंसा उसे भी खूब अच्छी लगती है। तभी तो कहती है—

"हम किनुई-बेचुई (पहले शादी के लिए लड़कियाँ खरीदकर लाई जाती थीं। आज भी मुसहर टोलियों में डोलकड़ी होती है, जिसमें लड़कियों को शादी से पूर्व उसके ससुराल भेज दिया जाता है। शादी की रस्म वहीं पूरी होती है। मायके के लोग भी वहीं पहुँच जाते हैं।) की बेटी नाहीं हौ, जे सास-ससुर के इज्जत नाहीं करत। चढ़ के (डोली से) ससुरा आयल हौ। इज्जतदार की बेटी हौ और इज्जत के साथ मर जइते। कवनों का कुछ कहे का मौका नाहीं देब। टोलवा में अनकर गरदन (डोली में) पर चढ़ के आयल हौ और इहाँ से अपन लोग के गरदन (अर्थी) पर विदा हो जात। खाली हाथ आयल हौ तो खालीय हाथ लौट जेते, कलंक का झोली लेके विदा न होत। जेतरे ई टोला में मरद के घर आयल हौ, ओतरे भगवान् के घर लौट जात। न दाग लेके आयल हौ, न दाग लगा के लौटत।"

पूरे टोले की एकमात्र महिला, जो अपने नैहर और ससुराल की इज्जत के प्रति इतनी संवेदनशील दिखती है। अकसर बातचीत के क्रम में चबूतरे के आसपास किसी शराबी द्वारा अनाप-शनाप बोले जाने पर बरस पड़ती है। लगभग डाँटने के लहजे में हस्तक्षेप कर देती है। उसके स्पष्टवादी व्यवहार के मुरीद तो कुछ यह जानकर खिसक जाते कि इससे मुँह लड़ाने के बाद सब लोग धर-मार करने लगेंगे। शेष काम इसके लंबे परिवार का कोई मर्द-बच्चा तत्काल दो-चार हाथ देकर पूरा कर देगा। यहाँ सबसे लंबा परिवार भी इसी का है। मोहल्ले की औरत-मर्द भी इसके व्यवहार की कद्र करते हैं। किसी प्रकार का नशा और गाली मुँह तक नहीं आने देती। अनावश्क हँसी-ठिठोली करते उसको कभी किसी ने नहीं देखा-सुना। सुरेंद्र की पत्नी के इनकार के बाद किसी के घर सामान देने जा रहे दुकानदार कल्लू से भी युवक ने उन्हें काम पर भेजने की सिफारिश की। दुकानदार ने तपाक से कह दिया—

"मुसहर के बच्चा एक बार 'ने' (नहीं) कह दिया तो काटने पर भी 'हे' (हाँ) नहीं कहेगा। दूसरे जगह से मजदूर खोज लीजिए। ये सब जाने से रहा। अपना समय क्यों बरबाद कर रहे हैं?"

"हम जानते हैं। इसीलिए न इन लोगों का ई हाल है। काम कम, लाटशाही बहुत। घर में भूजा भाँग न, बीबी पादे बतासा।"

सकारात्मक स्थिति न देखकर युवक बड़बड़ाते हुए मोटरसाइकिल स्टार्ट करने लगा, साथवाले अधेड़ ने अपना गमछा घुमाते हुए नाक-भौं सिकोड़ लिये, मानो इन्हें चेतावनी दे रहा हो।

सूप में चावल बीन रही पनकी के साथ बैठी महिलाओं ने बातचीत कहाँ से शुरू की थी, नहीं सुन पाया। बोलने के क्रम में आँचल से अपनी आँखें पोंछ रही थी।

"सुगिया को ले गेल सब बिआह खतिरा और साल भर बाद ओके लौटा देलके। अब कहत हौ ससुरवावाला कि लड़की का चाल-चलन ठीक नाहीं हौ। अरे, बिआह नाहीं करेका रहल तो हियाँ से ले काहे गया? सती सवित्री छोड़ले होत का? अपन जिनिगी में अइसा अँधेर नाहीं सुने कि कोई शादी खतिरा लड़की ले गवा और बिना शादी के साल भर रखा। मन भर गया तो बाप के इहाँ पठा दिया।"

बात काटते हुए सरसतिया बोलने लगी।

"अरे, एका परिवार के भी तो दोष हौ। लड़की के साथे भाई-भतीजा भी तो जात हौ। शादी करके लौटत। ई लोग लड़की साथे गेल और चार दिन चाभ के लौट काहे आयल? भेजा में भूसा भरल हल का? कोई अपन बेटी बिना शादी काहे दोसर घर में छोड़त? जब तक शादी न होत, ई सबके वहाँ गड़ के रहल चाहत हल। शादी न भेल और दामाद हो गेल? अपन लड़की अकेले कैसे छोड़ देते ऊहाँ? अरे, ई सब अपन बलाय टरकैलक (टरकाया) और का? दुनिया में कवनो अइसन करत, कि कुँआरी बेटी पहुँचा के बिआह न करत। लौट के ऐले पर भी तो ई सब घोड़ा बेच के सुतल रहल। खोज खबर सुगिया के न लेलख। बेचारी लड़की गाय हल, गाय। टोला के कवनो

छवड़ी ओकरा जइसन न हे। विधना के विधान कौन टारत। अब ओका पहाड़ अस जिनिगी कईसे कटत?"

पनकी चावल बुनना छोड़कर हवा में हाथ हिलाते हुए बोलने लगी—

"टोला में सब मुँहचोर हौ। ई सबको पंचयती लेके सरथूआ जाए चाहत हल। ओसब के कतना मजाल कि बिआह नाहीं करत? बिआह में आना-कानी करत त थाना में केस ठोंक देत। पूरा घर के मरद-औरत जेल में चक्की पीसत तो होश ठीक हो जात। का कहूँ, सुगिया के बाबू को दारुए पीए से फुरसत नाहीं। कइसे कटत बाछी की जिनगी? हम त कहत हौ कि ऊ सब नाहीं मानत तो दूसरे जगह सुगिया का घर बसा दो। लूर-रहनवाला लड़का देख के हाथ-बाँह धरा दौ। जिनगी कट जात, लेकिन ओका बाप सुने, तब तौ। शादी नाहीं होले पर भर जिनगी खाना और रहेका तो बड़की विपत हौ ओका सामने। झोंपड़ी लगावे का जगह भे अब ई टोला में न हौ। पहले क बात रहत, तो कहीं झोपड़ी डाल दौ। कवनो नाहीं पूछत। कतना मालिक तो अपन कट्ठा-दू कटठा उसर-परती जमीन दे भी देत। हियाँ तो अब बित्ता भर जगह न हौ कि सिर छिपइबे। पहले गाँव में रोपनी-डोभनी और गोबर-गोइठा करके भी बूढ़-विधवा जी लेत। बाबू लोग आहर-नहर से लेके डीह-डाबर में झोपड़ी लगावे पर नाहीं बोलत। अब दो हाथ जमीन पर भी गरीबन को पसरे नाहीं देत हौ। हम तो कहत हौ कि टोला के लोग भी सुगिया के बारे में कुछ सोचे। नाहीं तो जवान लड़की के साथ कुछ खता-नगा हो जाए, तो का होत? अभी तो ओका खेले-खाएवाला उम्र हौ। तनिका में बहक जात।"

"क्या हुआ, उस लड़की सुगिया को?"

उनकी बात समझ में नहीं आने के कारण उत्सुकता जताई।

"साहेब! मगरा की बेटी सुगिया को साल भर पहिले शादी के लिए इहाँ से सरथूआ गाँव पहुँचा दिया लोग। एक साल वहाँ रही। कल उ लोग सुगिया को यहाँ पहुँचा दिया। ऊपर से कहऽ हौ कि अब शादी नाहीं होत।"

पनकी ने चावल बीनना रोक दिया।

(सुगिया की छद्म नामवाली यह पात्र अभी भी अपनी आठ साल की बेटी के साथ एक मोहल्ले में कुँवारी परित्यक्ता के बतौर किसी तरह

जीवनयापन कर रही है।)

"ऐसी भला कहीं शादी होती है, क्या लड़की की शादी उसके घर से नहीं होती, बारात नहीं आती?"

आश्चर्य व्यक्त करते हुए मैंने पूछा।

"नाहीं साहेब! ऐसी बात नाहीं हौ। शादी तो ऐसे ही होत, जैसे बड़ जात के होवऽ हौ, लेकिन जेके खाए के कवनो ठेकान नाहीं, ऊ अपन लड़की के शादी खतिरा ससुरा पहुँचाए देत हौ। लड़की के भाई-बाप और गोतिया भी वहाँ चल जात। दो-चार दिन उहाँ रह के शादी-बिआह के बाद लौट आवत। ई शादी को इहाँ 'डोलकढ़ी' शादी बोलल जा हौ।"

"दूसरी ओर जेके पास पैसा-रुपया होत, ऊ सब लोग बड़ जात जइसा घरे बरात बुलावत। धूमधाम से लाउडसीकर (लाउड स्पीकर) बजा-बजा के बिआह करत। शादी के पहले छेकई होत। अरे, बुलकवा तो अपन बेटी के बिआह में पंद्रह-बीस हजार से अधिके रुपया खर्च केले हल। बरात के दिन लाउडसीकर बजल। बराती सब पूड़ी और सूजी के हलुआ खा के अघा (संतुष्ट) गेल। एतना न बरतिया सब दारू पीले कि पूरा गली उल्टी और पेशाब करके कच-कच कऽ देलक। ओका बिअहुती साड़ी दो-तीन हजार रुपया से अधिके का होत। एड़ीवाला संडिल (सैंडिल) लईले हल। संडिल अत ऊँचा कि बिदाई के समय तो लगल कि बुधिया गिर जईते। चलत, तो लागत कि दुनो ओर हिलऽ हई। इते बड़ा हिल।"

अपनी तर्जनी और अँगूठे को एल आकार देते हुए सैंडल के हील का वर्णन किया।

फिर बोलने लगी।

"उ संडिल पहिरे का चीज हौ। पता नाहीं मउगी हाथ में बेग लटका के कैसे खुटुर-खुटुर चलत हौ सब। हमैं तो संडिल देखीए के डर लगत हौ। बुधिया के ओकर ममिआ आ छोटकी बहिन मिलके ट्रैक्टर पर बिठा देलक नाहीं तो लद-फद (असंतुलित) होके ऊ गिर जात। ओका होंठ का लिस्टिक तो ट्रैक्टर पर चढ़े समय साड़ी में पोछा गेल।"

अपने दाहिने बाजू को मुँह के समानांतर ले जाकर पीछे खींच दिया,

मानो वह लिपिस्टिक पोंछ रही हो। उसकी इस क्रिया पर सभी लोग हँस दिए। मोगिआ ने भी साथ दिया। कई महिलाओं ने मोगिया की ओर इशारा कर आँख मटकाई।

"मउगी बड़ नाटक करत ही।"

शादी-विवाह की रस्म पर चल रही बात बढ़ाते हुए पूछा,

"ऐसा क्यों होता है? डोलकढ़ी तो बहुत पहले आल्हा-ऊदल के गायन में सुना जाता था। अभी भी होता है? क्या होता है इसमें?"

जिज्ञासा दिखाई।

"साहेब, हमर जतिया में बहुते गरीबी हौ। अधिकतर मरद दारूए पीए में बेहाल रहत। इज्जत-हाल से कवनो मतलब नाहीं हौ। दिनभर हाड़ ठेठाके कमात हौ और साँझ होते शराब के दुकान झाँके लागत। सालों भर कमात और खात में बीत जात। कवनों का घर में कभी हजार-दो हजार नगदी नाहीं मिलत। इहाँ का नवहिया रोजे दो-तीन सौ कमा लेत। पूरा टोला में मोश्किल से चार-पाँच घर में बैंक खाता होत। सब 'लूट के लाओ, कूट के खाओवाली' हालत में जीअत। तो रुपया कहाँ से जमा होत? आज-कल के बिआह में 15-20 हजार से कम खर्चा नाहीं हौ। जे रुपया के जोगाड़ कर लेत, ऊ चढ़ के शादी करत और जेसे जोगाड़ नाहीं होत, ऊ डोलकढ़ी करके अपन पाप उतार देत। अइसा बात नाहीं हौ कि डोलकढ़ी में अपन लड़की का भाँठ देल जात हौ। टोला-मोहल्ला का लोग पहले जाके घर-वर (घर और दुलहा) देख आवत। बात-चीत और पसंद भेले पर गोतिया-भवधी लड़की संग वहाँ जाके शादी करा देत। डोलकढ़ी शादी अधिकतर हितई-नतई वाली जगह होत। लड़का-लड़कीवाला का बीच में एक अगुआ भी रहत। सबकुछ होत। तिलक, हल्दी, गारी-बात। बस बरात लड़कीवाला के यहाँ नाहीं आवत। सब रस्म लड़के का घर पूरा हो जात। जैसे-जैसे गरीबी कम होत हौ, डोलकढ़ी अपने कम होत जात हौ। कवनो नाहीं चाहत कि हमर बेटी का शादी 'डोलकढ़ी' से होत, लेकिन गरीबी जे न करावत।"

"मोहल्ले के लोग इसके लिए पहल नहीं करते? आपस में चंदा करके लड़की की शादी करा देते। इसका अर्थ है कि अति निर्धन परिवार ही

डोलकढ़ी करने को विवश होता है?"

"हाँ, साहेब। ई बात तो ठीक हौ। कवन चाहत कि ओका बेटी का शादी डोलकढ़ी से होत? जब भी झगड़ा-तकरार होत, वोका सब टोना (ताना) मारत, 'हम डोलकढ़ी करेवाली नाहीं हौ।' जिनगी भर लोग ओका टोना मारत।"

आर्थिक तंगी के कारण होनेवाली डोलकढ़ी शादी की जानकारी देते हुए मोगिया टोले की आर्थिक बदहाली का कारण और बैंक खाता कम लोगों का होने की बात भी कह गई। अनपढ़ मोगिया ने टोले का आर्थिक एवं सामाजिक विश्लेषण कई छोर से कर दिया। उसके विश्लेषण का मजबूत आधार भी दिखा। कमाने के बावजूद टोला में भयंकर गरीबी है। जागरूकता एवं बेहतर जीवन के प्रति उत्साह का घोर अभाव। हालाँकि 'मुख्यमंत्री कन्या विवाह योजना' इस डोलकढ़ी प्रथा के उन्मूलन में एक कारगर पहल साबित होगी, लेकिन अति निर्धन वर्ग को पाँच हजार रुपए शादी के पहले इंतजाम करना टेढ़ी खीर है। शादी के बाद भी इस योजना की राशि जल्दी नहीं मिल पाती है। पंचायत, ब्लॉक और पदाधिकारियों की गणेश परिक्रमा करते-करते अतिनिर्धन वर्ग थक जाते हैं, जिससे वे इस योजना का लाभ नहीं ले पाते। परेशानी का एक कारण यह भी है कि 18 साल से पहले ये लोग लड़कियों की शादी कर देते हैं लेकिन लाभ के लिए लड़कियों की न्यूनतम उम्र 18 साल पूरी होनी चाहिए।

"पाप उतारने का क्या मतलब?"

मोगिया से इशारे में पूछा।

"अरे साहेब! बेटी जात पापे न हौ। जब तक जवान बेटी बाप-महतारी के घर रहत, ऊ पापे न हे। जे बाप-महतारी लड़की की शादी अपन जीवन में कर दे, वोसे बड़ काम कवन हौ? देखू न, पिछले कुआर (आश्विन/अक्तूबर) में कुसुमी के माई के अकुतवले (उकताने) से ओके भाई और मामा मिलके शादी कर देल। आज कुसुमी के माई के कपरे का पाप उतर गेल। अब कुसुमी के खतिरा कवनो चिंता तो नाहीं हौ कि कइसे (कैसे) बिआह होत और के-के हाथ-बाँह धरावल जाए।"

चबूतरे के नीचे एक किनारे सीमेंट के खाली बोरे पर बैठी एक किशोरी की ओर इशारा किया। करीब 14-15 साल की उस किशोरी की माँग में सिंदूर छोटे वृक्ष में उग आए फल के पूर्व फूल-सा प्रतीत हुआ। रंगीन साड़ी से मेल खाते ब्लाउज में लिपटी किशोरी का मुँह भरा हुआ था। शायद चॉकलेट या कोई नमकीन चीज खा रही होगी। आगे हवाई चप्पल खुली हुई थी। एक हाथ की दो अंगुलियों में चाँदी की अँगूठी और दोनों पैरों में एक-एक बिछिया। नजर पड़ते ही शरमा गई।

"पढ़ी-लिखी है कि नहीं?"

किशोरी की ओर इशारा करते हुए पूछा।

"हूँ, जेका पढ़े-लिखे के वो तो पढ़ते नाही हौ। फिर ई तो लड़की जात हौ। दूसरे के घर जाए का हौ। एका कौन चिंता करत। टोला के सब लड़कन तो पढ़ाई-लिखाई न करे खतिरा कसम खा गेल हौ। फिर ये बाछी (किशोरी) के का पुछत हौ साहेब। बेचारी नैहर कतिना दिन खतिरा आएल हौ? मास्टरनी सब आके दिन भर स्कूल में सोटर (स्वेटर) बिनत। लड़का-लड़की नाहीं पढ़े जात तो बेचारे ओ लोगन का कवन दोष हौ। कोई अपन बच्चा खतिरा स्कूल जाके मास्टर से शिकायत नाहीं करत, कि टोला के सब बचवा दिन भर सूअर-कुकुर के साथे खेलत हौ। टोला में पढ़े-लिखे का तो कभी चर्चा नाहीं होत। बस गाली-गुप्ता और शराब का पियकड़ई। स्कूल के मास्टर-मास्टरनी सब भी कई बार कह-सुन के थक गेले। कवनो फायदा नाहीं भेल। अरे, गार्जियन ही जब अपन बच्चा स्कूल न भेजत, तो मास्टर शरबत जैसा घोल के पिला देत का? खिचड़ी खाए का समय सब टूट पड़त। पूरा टोलवे का मुफ्त के खाये का मन करऽ हे। चाहे लड़का होत भा सयान।"

मोगिया की शिकायत मोहल्ले की लड़कियों की अपेक्षा लड़के और उनके अभिभावकों से अधिक थी। उनका अभिप्राय था कि लड़कियाँ अगर नहीं भी पढ़ी तो कोई बात नहीं, क्योंकि उन्हें दूसरे के घर जाना है, लेकिन लड़कों को जरूर पढ़ना चाहिए, क्योंकि लड़के को अपने घर रहना है। लड़कियाँ तो पराए घर चली जाएँगी। उस मोगिया को कौन बताए कि शिक्षा

के प्रति जागरूकता के क्रम में बच्चों से अधिक जरूरी बच्चियों का तालीम पाना है, अगर कोई लड़का पढ़ता है तो एक पीढ़ी या एक परिवार शिक्षित होता है, लेकिन लड़की पढ़ती है तो दो परिवार शिक्षा से जुड़ जाते हैं। बच्चे और बच्चियों को समान रूप से शिक्षा की जरूरत है। इन टोलों में साक्षरता दर भी अब दस प्रतिशत के करीब पहुँचने लगी है, लेकिन शिक्षा के प्रति रुझान काफी कम है।

"आप लोग इतनी जल्दी लड़का-लड़की की शादी क्यों कर देते हैं? जानते हैं कि नहीं, अब लड़के की शादी 21 और लड़की की शादी 18 साल के बाद करनी है।"

"साहेब, 18 और 21 साल के बाद शादी करे पर सरकार कुछ देत हौ का? ओके का मतलब कि हम अपन बेटा-बेटी का शादी-बिआह कब करूँ। सरकार के जब कुछ देवे-लेवे का नाहीं हौ, तो शादी का उमर से मतलब? हम तो कहत हौ कि जितने जल्दी लड़का-लड़की का शादी-बियाह हो जात, बहुते अच्छा। लड़की की शादी हो गेले पर आदमी का बोझ उतर जात हौ। लड़का का शादी होले पर ऊ अपन जिंदगी के बारे में सोचत। कम-से-कम ओके खिलावे के तो न परत। लड़की की शादी समय से हो गेले के बाद इज्जत-हाल बरकरार रहत और ऊ समय से अपन घर बसावत। सरकार का ए से मतलब नाहीं रखे क चाहत कि कौन अपन लड़का-लड़की का शादी कब करत हौ। सरकार गरीब के लड़की क शादी में रुपैया दे देत, तब न सरकार। पैसा-रुपैया देवे का न हौ तो सलाह कौन बात का?"

"ऐसी बात नहीं, लड़का-लड़की की शादी समय से करने से बहुत फायदा होता है। इस कुसुमी को शादी और परिवार के बारे में अभी कितनी जानकारी है। आप लोग कहते हैं कि पढ़ी-लिखी भी नहीं है। स्वाभाविक है, शादी के पहले निवालावृत्ति (शहर में कूड़ा-कचरा और गाँवों में खेतों से अनाज चुनना) करती होगी। ऐसी स्थिति में वह अपने बाल-बच्चों को कैसे पढ़ा-लिखाकर आगे बढ़ाएगी? आप लोग समाज को भी देखिए, कहाँ जा रहा है। केवल अपने मोहल्ले तक ही क्यों सोचते हैं? इस किशोरी की शादी करके

अपना पाप उतारने की बात बिल्कुल गलत है। इस उम्र की बच्चियाँ अभी आठवीं-नवीं वर्ग में पढ़ती होंगी। शादी के पहले स्कूल जाती थी कि नहीं?"

"नाहीं, साहेब! स्कूल कहाँ जात। शादी के पहिले तो ई कूड़े बिनत (चुनना) हल। पिछले हफ्ता ससुरा से आयल हौ। कुसुमी क माई बोलत हौ कि एका मरद कूड़ा बीने से मना केले हौ। धमकवले (चेतावनी) हौ कि 'कूड़ा बीने जात तो गवना नाहीं होत। जिनगी भर नैहरे में रहे के परत।' अपन मरदे के डरे ई कूड़ा बीने नाहीं जात हौ। नाहीं तो, ई कूड़ा बीने खतिरा निकल जात।"

"कम उम्र में शादी नहीं करनी चाहिए। आप लोगों को लड़कियों की शादी के बाद कन्या विवाह योजना के पाँच हजार रुपए भी नहीं मिलते होंगे?"

"हाँ साहेब, आप ठीक कहत हौ। हमन की लड़कियन के शादी भेले पर रुपया नाहीं मिलत और दोसर जतिया के लड़कियन के शादी में मिल जात। हमन का आग-पाछ कोई नाहीं हौ, जे कारण सरकारो हमन का बुरबक समझत हौ। नाहीं तो सबका मिलत और हमन के बेटी का शादी में काहे न मिलत?"

"नहीं, ऐसी बात नहीं है। सरकार के लिए सभी बराबर हैं। कारण है कि आप लोग अपनी बेटियों की शादी 14-15 साल की उम्र में कर देती हैं। सरकार का नियम 18 साल के बाद शादी होनेवाली लड़कियों के माता-पिता को यह राशि देने का है। हाल में ऐसी कोई शादी होनेवाली है कि नहीं? हम भी देखेंगे।"

"हँ, साहेब! होखेवाला तो हौ, लेकिन आप काहे ला अइते। आप लोगीन तो बड़-बड़ शादी देखत हौ। हमन कचरा बीने जात हौ, तो देखत कि बड़कन के घर शादी के बिहान थमसपवा (थम्स अप) का बोतल गाँज (ढेर) लगल हे। केतना गरीब के तो कंठो तक नाहीं पहुँचल होत और उहाँ तो नदिये बहत।"

अपनी बात जारी रखते हुए उसने कहा—

"बड़ लोगन के एक शादी में जे खर्च बोतल और टेंट-समियाना में

होत, ओतने रुपया में तो हमन का बिआह हो जात, लेकिन हमन औरत जात चिंता करके का करत। कमाएवाला तो हमन हौ नाहीं। इहाँ के मर्दन को तो दारुए पीए और मांस खाए से फुरसत नाहीं। मिले तो रोज करजा लेके भी दारू पीयत और मांस भक्षत। दु:ख-सुख और शादी-बियाह खतिरा दो पैसा बचा के नाहीं रखत। बड़-बड़ शादी में जाके चाभ (भोजन कर) आवत, लेकिन ई नाहीं देखत कि ऊ लोग अपन बेटा-बेटी के शादी कतिना पैसा लगा के करत। अरे, शादी-बियाह खतिरा दो-दो पैसा बचा के रखत, तब तो एक दिन खूब खर्चा करत। इहाँ का तो पूरा पैसा दारुए में झोंका जात हौ।"

मोगिया ने अपने दाहिने हाथ की पाँचों अंगुलियों को भींचकर मुट्ठी बाँधी और हवा में लहरा दी। लगा कि अग्नि के हवाले दूर से ही हवन अर्पित कर रही हो। मुँह को भी दाएँ-बाएँ घुमाया।

"बाबू, एक बात कहूँ?"

बड़े ही आर्त्त भाव से मुसाफिर की पत्नी बोली।

"आपो तनिका टोलवा में कह दो कि कोई अपन बेटी के बियाह ओके ससुरा में जाके न करे। बरात खिलावै के सावंग (हैसियत) नाहीं होत, तो चंदा करके सब लोग पार लगायत। बेटी और दलान तो समाज का होत हौ। का बाबू, गलती कहऽ ही त बोलू।"

बात डोलकढ़ी प्रथा के उन्मूलन और सामाजिक सहयोग की ओर चली गई। मुसाफिर की पत्नी के समाजशास्त्र से अभिभूत हो गया। 'बेटी और दलान समाज का होता है।' गाँवों में आज भी लड़की पूरे गाँव की इज्जत और दलान यानी घर से अलग पुरुषों के लिए बना खुला-खुला मकान सार्वजनिक मानकर उपयोग होता है। पहले गाँवों में परिवार की महिला और पुरुष एक साथ एक मकान में नहीं रहते थे। महिलाओं के रहनेवाले मकान को घर कहा जाता। इसमें दरवाजे के बाद एक बरामदानुमा डेहरी रहता है, जहाँ गाँव का कोई सामान्य व्यक्ति अथवा दूसरे मोहल्ले की औरतें बैठती हैं। उसके बाद आँगन और आँगन से लगे कमरे होते हैं। परिवार के सभी पुरुष केवल भोजन के समय घर आते हैं और विवाहित पुरुष सोने के लिए रात में। वह

भी नियमित नहीं, बल्कि चोरी-छुपे। पुरुषों के रहने के लिए घर से थोड़ी दूरी पर चहारदीवारी और बड़े बरामदे के साथ कुछ कमरे बने होते हैं, जिसे दालान और भोजपुरी में 'दुआर' कहा जाता है। दिन और रात में पुरुष वहीं रहते हैं। यहाँ गाँव के हर वर्ग के लोग खुलेआम आते-जाते हैं। जिसकी जैसी हैसियत उसके अनुसार दालान की भव्यता। गाँवों में भूमि का अभाव, सुरक्षा का खयाल एवं पुरुष सदस्यों की कमी के कारण अब दालान की परंपरा तेजी से समाप्त हो रही है, खासकर शादी-विवाह और अन्य सार्वजनिक अवसरों पर तो लोग अपने दुश्मन को भी दालान के उपयोग के लिए मना नहीं करते। करें भी तो कैसे, आखिर यह परंपरा तो गाँवों में सदियों से चली आ रही है। गाँवों में बरात में जानेवाले किसी का बड़ा दालान देखकर बिना यह पूछे सो जाते हैं कि बारात में जिसके यहाँ आए हैं, उससे इस दालानवाले का संबंध कैसा है। दालानवाला भी दोस्ती अथवा दुश्मनी का इजहार किए बिना अतिथियों का भरपूर स्वागत करता है।

"अरे, तुम चुप नहीं रहोगी? दिन भर बकरी की तरह बकर-बकर करती रहती हो। मुँह नहीं दुखता!" गणेश मुसहर ने मुसाफिर की पत्नी को नसीहत दी। "साहेब, इधर घाम (धूप) आ गया है। तनिका दरिया को उधर खिंचवा देते हैं।"

गणेश मेरे पास खड़े हो गए।

"जरा हटिए न साहेब, सब बक-बक कैले हौ। ई नहीं बुझाता है कि घाम आ गया है। ई सब बिल्कुल मूर्ख हैं। काहे इन लोगों से बतियाते हैं? मुसहर की औरत बेमतलब की बात करती हैं। समझदारी तो होती ही नहीं। थोड़ी बात शुरू कीजिए तो ये सोलर बैट्री की तरह चार्ज हो जाती। जरा बोल दीजिए, अपने लड़के-लड़की को नहा-धोआ दो, तो बोलेगी कि टाइम कहाँ है? यहाँ बतकही करने को कहिए, चूल्हा भी उपास डाल देगी। बात से तो कभी पेटे नहीं भरता।"

गणेश ने बोलते हुए दरी खिसका दी, लेकिन किसी महिला ने जवाब नहीं दिया। हाँ, कबूतरी ने कुछ खास सीरियल की महिला पात्रों की भाँति आँख और

मुँह की भाव-भंगिमा से दमित विरोध जरूर जता दिया। दूसरी महिलाओं ने कबूतरी की इस प्रतिक्रिया पर मुसकराहट के साथ अपना समर्थन भी जताया।

"ये लोग तो बहुत अच्छी-अच्छी बातें कर रही हैं। पढ़ी-लिखी नहीं, तो क्या हुआ। शराब को लेकर इस टोले की बरबादी के प्रति ये लोग कितने संवेदनशील हैं, कभी आप लोग गंभीरता से सोचते हैं? आप लोग इन्हें पैसा दीजिए। देखिए तो ये पैसा फेंक देती हैं या आपकी घर-गृहस्थी सजा देती हैं। इन लोगों की शराब के प्रति चिंता देखकर बहुत अच्छा लगता है, हालाँकि शराब के प्रति जो चिंता ये अपने बीच की बातचीत में दिखाती हैं, उसे सामूहिक रूप में दिखाकर शराब बिक्री का विरोध करना चाहिए। यहाँ की महिलाएँ बहुत अच्छी हैं।"

वहाँ बैठी महिलाओं का पक्ष लेते हुए गणेश से कहा।

"साहेब, मुसहर की औरत पागल नाहीं होत, तो अपन परिवार को कमा के नाहीं खिलावत। देखिए, कौन जात की औरत कमा के अपन परिवार चलावत हौ? सुबह से साँझ, देह ठेठा के कमात और रात के गाली-बात और लात से ओका इज्जत होत।"

दोनों हाथों को हवा में तेजी से उछालते हुए मुगिया ने भड़ास निकाली।

"साहेब, एक कहावत जानत हौ—

'नोनिया के बेटी को नइहरवे सुख न ससुरवे सुख।' वही हाल मुसहरिन को है। जेतर (जिस तरह) नोनिया की बेटी नैहर और ससुरा दोनों जगह जिनगी भर मिट्टी काटत और ढोअत ओतर मुसहर के बेटी जन्म से मरले तक घर और बधारी का काम करत। बचपन में सूअर-बकरी चरावत और घर में लड़कन के गड़तर धोअत। बड़ भेले पर रोपनी-डोभनी करत छाँट और कूड़ा-करकट बिनत जिनगी बीत जात। टटका (ताजा) खाना से जिनगी में भेंट कमे होत। का तो 'लड़की' हे। शादी के बाद ससुरा का बह भरू (कर्ज उतारने अथवा बँधुआ मजदूर की भाँति मिहनत)। मरद का गाली-बात और लात सहू जिनगी भर। मुसहर टोली के कतने मरद घर में दारू पीके आराम करत हौ, औरत सब कूड़ा-कचरा और छाँट बीने बाहर जात हौ। घर लौटले के बाद खाना-कपड़ा, बरतन-बासन अलग से। दोसर जात के कवनो औरत

ई काम करत हौ ? मर्द कमा के लायत त घर में खाना बनत, नाहीं तो ठन-ठन गोपाल। तबै तो दोसर जतिया बोलत कि मुसहर टोली में औरतें परिवार चलावे और मर्द चुलहानी में। देखू नऽ, बगल मोहल्ला के कोई औरत कमाए जात हौ ? खाना बनावै के बाद दिन भर घर में टीवी देखत और चाह बनाके पिअत। दिनभर कवनो कामै नाहीं हौ। बड़ी चलल हैं औरतियन का बुद्धि देखे।"

बिल्कुल आक्रामक रुख अख्तियार करते हुए मोगिया ने गणेश को जवाब दिया। गणेश के रिश्ते में भाभी लगनेवाली मोगिया अपने टोले में 'गोसाखोर' के उपनाम से भी जानी जाती है। सामान्य बातचीत के क्रम में भी चेहरे पर गुस्सा झलकने लगता। भाव-भंगिमा तो हरदम लड़ने-भिड़ने की।

"साहेब, अपन काम करू। गोसाखोर भौजी की बात सुनिएगा तो सुनते रह जाइएगा। पूरे मोहल्ला की नाज है। इसको माइक धरा दीजिएगा तो बड़े-बड़े नेता लोग भी पछुआ खोसकर भागेंगे। स्टेज पर उतार दीजिएगा तो डांसर लोग रहरी के खेत में छिप जाएगा। इनका हर काम बेजोड़ है। सुबह से शाम तक इनका कई रूप हो जात। मुझे तो ई बहुते अच्छी लगती हैं।"

गणेश ने मुसकराकर आँख दाब दी।

"हमर मुँह खाली मत करावो। नाहीं तो, तोहके दुःख लग जइते। तोहर बहुत इज्जत करऽ ही। टोलवा में आयल बीस साल से अधिका होत हौ। तूही सब तो टोला के बरबाद केले हौ। नाहीं तो का मजाल कि यह ठन (इस जगह) दारू बिक जात। दोसरे जगह के जइसा-तइसा आदमी आके टोला में दारू खतिरा फेरा लगावत हौ। ऊपर से उभ-चाभ (उल्टी-सीधी बात अथवा फब्तियाँ) भी बोलऽ हे। बेटी-बहिन का इज्जत बचावल मुश्किल हौ। साहेब, पुछिए न। ई टोला के केतने औरत दारू पीअत और केतने मरद। अरे, मुसहर के बाढ़ (विकास) तो मर्दाना लोग दारू पीके खत्म कर दे हौ। दारू पीअले पर औरत बीच में बोलत, कि मार-पीट शुरू। आदमी के अकल न होये तो नकल करे का चाही। बगल के लोगन को देख के भी ई टोला के मरद कुछ नाहीं समझत। इहाँ के मरद अपन औरत के साथे कभी बैठ के दुःख-सुख पर चरचा करऽ हे ? बस खाना-पानी बनावे और बच्चा पैदा करके अकेले

पाले के जिम्मा हौ औरत के।"

मोगिया काफी तनाव में बोल रही थी। पास बैठी सभी औरतें अपना सिर हिला-हिलाकर उसका समर्थन कर रही थीं।

"साहेब, मुसहर टोली के गरीबी का कारण दारुए हौ। आपै के ई टोला में आवे-जाए से कुछ कम भेल हौ, लेकिन अभी टोला में तीन-चार जगह काहे दारू बिकऽ हे? पैसा तो मुसहर टोलिए से न जात हौ। हमर रुपया जाए या इनका।"

अपनी बगल में बैठी कबूतरी की ओर इशारा करते हुए मुगिया ने अर्थशास्त्र और समाजशास्त्र का संयुक्त पाठ पठाया। वह अभी कुछ बोलने ही जा रही थी कि मौन श्रोता बनी एक अधेड़ महिला ने अपने दाहिने बाजू से साड़ी हटाते हुए कहा।

"साहेब, पुछिए न गणेश चाचा से, कल रात हम का किए, जो बिना मतलब मार खाए।"

अपने हाथ पर उभरे चोट के निशान और चूड़ी टूटने से आई खरोंच दिखाते हुए उसने कहा। उसकी बाँह पर चोट से उभरे जख्म साफ दिख रहे थे। बाल भी अस्त-व्यस्त और सूजी हुई आँखें। चेहरे पर उभरे तनाव के भाव उसके साथ घटित घटना का स्वतः बयान कर रहे थे। करीब पैंतीस-चालीस की रही होगी। घुटनों को दोनों बाजुओं के घेरे में जकड़े हुए थी। बोलने के क्रम में पैरों को फैलाने लगी।

"साहेब, ई धंधा एक दिन का नाहीं हौ। महीना में दो-तीन दिन जरूर दारू पीके बुधिया के बाप पीटऽ हे। दूसर कवनो बात होयत त पूरा टोला के पंचायत होत। कोई दारू पीके घर में मार-पीट करऽ हे या मुसहर टोली में दारू बेच के सबका पीआवऽ हे, तो ओकरा लागी पंचायत नाहीं होत? हम कई बार कह के थक गेली कि सब जन मिलके पंचायती करौ। जे जन दारू बेचत पकड़ाय वोके बे मोह-दया के खूब कुंचके (बुरी तरह पिटाई) और दंड लगा के पुलिस घर दे आवे। हम कहऽ हे कि पूजा-पाठ और कवनो दूसर बात लागी पंचायती का बात सब जन मानऽ हे, तो ई बात काहे न मानत। जे मरद अपन

औरत के दारू पीके मारत, ओके ऊपर भी दंड लागे क चाही। अब पंचायती में एका फैसला नऽ होत त हमहू सोच लेले ही, अगले कवनो पूजा में समूही (सामूहिक) चंदा नाहीं देत। सबका लागी पंचायती और टोलवा एक हौ और दरूए खतिरा अलग? अब ई सब नाहीं चलत। दारूबजवा निमना (अच्छा) में मार-पीट न करऽ हे। दारू पीके काहे मारा-मारी करत? नशा में ई बात बुझायत कि कवन पुलिस-दरोगा हौ और कवन बड़ आदमी, लेकिन अपन औरतिया न बुझायत। काहे न कवनो बड़के अदिमिया के दारूबजवा कबो मारत। तब नऽ हम जानत कि एके नशा भेल हौ। कमजोर मेहरिए पर मरद बनऽ हे। हम तो कहत हौ साहेब, कि सरकार के ऐलान कर देवेला हल कि जवन मुसहर टोली में दारू बिकत ओके हुक्का-पानी बंद। दारू बेचे और पीएवाला दोनों को जेल। नाहीं तो बाबू, दुनिया के कवनो उपाय होत, मुसहर टोली नाहीं सुधरत। उगला से डुबला (सुबह से शाम) तक मुसहर टोली में दारुए और गाली-गुप्ता के चरचा। बगल के सब कह-कह के हसऽ हे बाबू कि 'मुसहर टोली के कमाई दारुए में लुटाई'।"

अपने पति के दारू पीने और मुसहर टोली में दारू बिकने की चर्चा करते हुए उसकी आँखें नम हो गईं। पास बैठी सभी महिलाओं व पुरुषों ने भी चुप्पी साध ली। सब लोग एकटक उसी को निहारने लगे। दोनों आँखों को आँचल से पोंछते हुए कहा—

"बगल के अस्पताल में पहले दिन भर हम काम करत। झाड़ू-पोंछा करत। सात सौ रुपया मिलत। सोचली बाल-बच्चा के पढ़ावेला पैसा जुट जइते। डॉक्टरनी भी बचवन के सरकारी स्कूल में नाम लिखावै के बार-बार कहऽ हली। बुधिया के बाबू (पति) काम छोड़ावेला गरदन पर चढ़ गेले। कहऽ हौ कि वो जगहा के कंपउंडरवा बदमाश हे। बाबू हमका कंपउंडरवा और दोसर अदिमिया से का लेवे-देवे के रहत। हम तो मेडमजी के घरवा में झाड़ू-पोंछा करत हल। डॉक्टर साहेब दोनों बेकत (पति-पत्नी) हमके बहुते मानत-जानत। एकर भी कारण हल। बाबू, एक दिन उके घर झाड़ू-पोंछा करत हल कि दोनों जन खुला घर हमरे ऊपर छोड़ के अस्पताल में चल गेले। एक मुट्ठी रुपया दरवाजे पर गिरल हल। ताला-चाबी भी न रहल। हम

काम खतम करके बहुते देर बैठ गेली। ऊ लोग आयल तो हमके देख चिहा (आश्चर्य) गेल। मेडम बोली—

'तू अभी तक क्यों हो, घर काहे नहीं गई?'

"हम ओका एक मुट्ठी रुपया दिखा के बोलली, 'मेडमजी, ई रुपैया के कारण हम घर ने गेली। कवनो उठाय लेत, तो आप लोगन के हम्ही पर न शंका होत? हमर धरम बिगड़ जात और काम छुट जात।' दोनों जन हमका आँख फाड़ी-फाड़ी के देखै लगले। हमका तो डर समा गेल कि मेडम अब डाँट पिलावत। दोनों जन रंगरेजी में एक-दो टपा (शब्द) बोल के हँस देले। मेडम रुपैया में से निकाल के हमरी ओर एक ठे बढ़ा देलको। पाँच सौ वाला नोट हल। हम नाहीं लेली। बोल देली, मेडम ई रुपैया तो आपै का हौ। हमर तो महीना अभी पूरे न भेल। बीचे में पइसा लेब तो खरच हो जात।"

मेडम बोलत हल कि 'ई महिना में नहीं कटेगा, ले जाओ।'

"लेकिन हम रुपैया नाहीं लेली। ओ दिन बाद तो हमके अपन लड़की अस जाने लगली। बाबू, गरीबी कोई पै (दोष) हौ थोड़े। अरे! चोरी, बदमाशी और पियक्कड़ई खराब हौ। गरीब अदिमिया धनी नाहीं होत? लेकिन चोरी-बदमाशी करेवाला कभी मुँह देखावे लायक रहत का?"

उस महिला के इस वाक्य पर बिल गेट्स की उक्ति याद आ गई—

'अगर आप गरीब पैदा हुए हैं, तो इसमें आपकी गलती नहीं है, पर अगर आप गरीब ही मर जाते हैं, तो यह आपकी गलती जरूर है।'

वह लगातार अपनी भड़ास निकाल रही थी।

"बाबू, बुधिया के बाप से तंग आके डॉक्टर साहेब किहाँ से हम काम छोड़ देली। आज तक मेडम साहेब काम ला हमके बोलावत हौ, लेकिन ई (पति) तो रोज रात के दारू पीके मार-पीट करऽ हौ। बिखनी-बिखनी (भद्दी-भद्दी) के गाली दे हल। एका मार के डर से कवनो का घर में छिपत तो चिल्ला-चिल्ला के कहऽ हे कि फलनवा (अमुक) के साथ फसल (अवैध संबंध) हे। जो हमरे छोड़ावे आवऽ हे, ओके भी गरियावत और एक करम नाहीं छोड़त। हमहू अड़ल ही। अब कोई का घर में न लुकायब। जो होत से होत। समय काटत हौ। बाल-बच्चा जल्दी सेयान हो जात, तो उके

जवाब मिलत। लड़कवन सब आजे उके देख गुर्रात हौ। बड़ भेले पर बचवा सब, हमका पिटात देखी का?"

भविष्य के लिए संरक्षित इस आशा भरे वाक्य के साथ फफक पड़ी वह अधेड़। दोनों बाजुओं से घेरा बनाए घुटनों को आजाद करते हुए उसमें मुँह छिपाकर सिसकियाँ लेने लगी। अपने दारूबाज पति के प्रति अजीब धैर्य। जीवन में कभी पति का सुख-सान्निध्य नहीं मिलने के बावजूद सिर्फ न पिटने देने की मोहल्लेवालों से मामूली याचना। उसकी एक अदद छोटी माँग भी पूरी नहीं कर पाते मोहल्ले के अपने लोग। बच्चों को युवा होकर बाप का सामना करने की उम्र तक लंबी यातना से पूर्ण प्रतीक्षायुक्त साधना। दुःख-दरिद्रगी में जन्म, उसी के साए में भरण और त्रासदी के आगोश में देह छूट जाने की दुःसह्य कामना। उसकी दिनचर्या सुन महिला सशक्तीकरण, बिहार में त्रिस्तरीय पंचायतों में 50 फीसदी महिला आरक्षण और 21वीं सदी में महिलाओं की विभिन्न क्षेत्रों में परचम लहराने की अखबारी खबरें दिमाग में गड्डमड्ड होने लगीं। काश! यह महिला आज पढ़ी-लिखी होती। यातना के चरम पर भी पति के प्रति आस्था की दीवार टूटती या नहीं, लेकिन दरककर एक सुराख जरूर बन जाता, जिसके सहारे जीवन के उस पार भले जाया न जा सके, लेकिन बाहर की हलचलों को देख-सुनकर अपनी स्थिति का आकलन जरूर किया जा सकता।

आज के दौर में भी 19वीं सदी का संकट! अगर पढ़ी-लिखी होती तो बुधिया के पिता आज महिला उत्पीड़न में थाना-कचहरी और रिश्तेदारों के यहाँ चकरघिन्नी काटते। कई महिलाओं के संगठन इसके दरवाजे पर होते और डॉक्टरनी मेम की यह प्रिय पात्रा आज उनके परिवार के सदस्य के बतौर वहाँ सबकुछ होती।

उसकी इस करुण दशा पर डॉ. तुलसी राम के 'मुर्दहिया' के पन्ने दिमाग में फड़फड़ाकर खुलने लगे। डॉ. राम की माँ को भी उनके पिता कमोबेश ऐसी ही प्रताड़ना देते थे। इस महिला के बाल-बच्चे अपनी माँ को बाप की प्रताड़ना से मुक्ति दिला पाएँगे या नहीं, लेकिन डॉ. राम ने तो दिला दी थी। तब साठ का दशक था। आजादी का फासला महज एक दशक का था।

उनका घर आजमगढ़ जिले के सुदूर गाँव में दलित मोहल्ले के बीच था, जहाँ लगभग एक ही वर्ग (दलित और अति निर्धन) रहते थे। आज स्थितियाँ बिल्कुल विपरीत हैं। इस दलित महिला का घर शहर के एक किनारे नगर निकाय के वार्ड में है, जहाँ आस-पास अन्य जाति एवं वर्ग के लोग भी रहते हैं। देश का विकास और आजादी के नाम पर संप्रभुता मिले सात दशक पूरे होने को हैं। बावजूद 20वीं सदी का मध्य और 21वीं के पूर्वार्द्ध के बीच का पाट अपना अंतराल बनाए रखने में सफल रहा है। इन मोहल्लों में वही पुरानी गलियाँ, गंदगी और सूअर-कुत्तों के साथ बच्चों की धमा-चौकड़ी। आजादी के बाद क्या मिला देश के इन गरीब और अशिक्षा के दलदल में फँसे परंपरावादी करोड़ों उपेक्षित परिवारों को, जबकि सभी विकास योजनाओं के केंद्र में ये ही हैं। मन में विचार उठने लगा, नेस्तनाबूद जापान को नए सिरे से खड़ा होकर सशक्त बनने में बमुश्किल ढाई दशक लगे थे। इस अल्पावधि में ही जापान चौकड़ी भरते हुए दुनिया को अपनी हैसियत बताने लगा था। 1991 में तरबूज की भाँति 13 खंडों में विभक्त गोर्बाचोव का सोवियत संघ कुछ ही दिनों बाद सबल स्थिति में आ गया, लेकिन भारत प्रतिवर्ष अरबों के बजट और 11 पंचवर्षीय योजनाओं की शिक्षा और जागरूकता में मुकाम हासिल नहीं करा पाया। ऐसी स्थिति में 2025 तक भारत के विश्व के मानचित्र पर सर्वश्रेष्ठ के नारे चुगली करते नजर आ रहे हैं। इन दुरूह समस्याओं से देश के भविष्य की चिंताएँ मन में नए सिरे से घर बनाने लगती हैं। ऐसे करोड़ों गरीब और अशिक्षित परिवारों के दबाव का प्रतिफल क्या होगा? एकाएक घुटने से बाहर चेहरा निकाले बुधिया की माँ पर नजर टिक गई।

"ऐसी बातों पर आप लोग टोले की पंचायत क्यों नहीं बुलाते?"

सबको इंगित करते हुए कहा।

"टोला का हाल हौ कि कोई एक-दूसर के घरेलू झगड़ा में नाहीं पड़त।

---

1. एक मजबूत लाठी के निचले हिस्से में लोहे का धारदार उपकरण, जो लकड़ी काटने, चूहे का बिल खोदने एवं कंधे पर कुछ सामान बाँधकर लटकाने का कारगर उपकरण है। मुसहर जाति का यह परंपरागत औजार/हथियार/पहचान है।

खाए-पिए के बात होयत तो सब साथ। केकरे घर में कवन अधिका जात-आवत हौ और बिना गोतिया भोज के कोई अपन लड़का-लड़की का शादी काहे केले? जल्दी भोज नाहीं देत, तो कुजात छाँटे खतिरा चट पंचायती। ई कवन मतलब हौ साहेब।"

मोगिया टोला के आपसी सामंजस्य और पंचायती के आधार का ऑपरेशन करते हुए बोली। किसी और ने भी बताया था।

□

"एक बार इसके पति ने सारे कपड़े जला दिए थे। कई बार रामी[1] से भी मार चुका है। बड़ी बेरहमी से पीटता है। टोला-मोहल्ला के लोग 'रोज-रोज का यही हाल, कौन बोलत' कहते हुए चुप रह जाते हैं।"

"बुधिया की माँ ने टोला में कभी पंचायती अथवा पुलिस में शिकायत नहीं की? रोज-रोज का जब यही तमाशा है, तो आप लोग कितना दिन बरदाश्त करेंगे? इनके मायके के लोग कभी पहल नहीं किए? कम-से-कम उन लोगों को तो कुछ करना चाहिए। वरना इस महिला का तो जीवन ही नरक हो गया है।"

उसकी बेबसी पर तरस खाते हुए कहा।

"ना साहेब, ई बात नाहीं हौ। सबकुछ करके हमनी थक गेली। अपन तो अपन होत। गैर के का भरोसा। अरुनवा के बेटा एक बार टोला में शराब न बेचे और पीए खतिरा मिटिंग केले हल। सब ओका मारे का फेर में पड़ गेल। अकेले बेटवा पूरा मुसहर टोली का दुश्मन हो गवा। ई तो थे ही (गणेश की ओर इशारा करते), कोई साथ नाहीं देल। दो-तीन दिन तो दारू बंद भेल। पूरा मुसहर टोली में तूफान खड़ा हो गेल। बाहर से आदमी का आन-जान शुरू हो गेल। अरुणवा के बेटा को सब धमकावे लगा। एक दिन अपन भौजाई के दवा करा के आवत हल कि रास्ते में तीन-चार नवही (युवक) ओके लाठी-डंडा से पीट के खूने-खून कर देलक। लाद-पाथ के घर आयल। महीनाभर खटिया से नाहीं उठल। टोला का एक आदमी साथ नाहीं देल। उल्टे सब बोलत कि दारू बिकत हौ, तो एके का? जेका मन हो पिए, जेका मन हो न पिए। मरद सब चुप्पी साध लेलक। अरुणवा पूरा टोला के गरिआवत कि चढ़ा-बढ़ा के

हमर बेटा के पिटवा देले सब। बाद में ऊ अपन बेटा को बाहर कमाए भेज देलक। नाहीं भेजत, तो दारूबेचवा सब ओके जान ले लेत। बाबू, छोड़ूँ ऊ सब बात। मुसहर के बाल-बच्चा से सब छुटत, लेकिन दारू नाहीं छुटत।"

घोर निराशा के बीच उदासी भरी लंबी साँस लेते हुए उसने कहा। उसकी बातों में आशा के पुट का भान दूर-दूर तक नहीं दिखा। आखिर शराब बेचनेवालों का कॉकस कितना मजबूत है। मोहल्ला, विभाग और गरीबों के हितैषी बननेवाले शासन-प्रशासन से भी सशक्त। फिर एक तरफ भारी गरीबी और अशिक्षा तथा दूसरी ओर नव धनाढ्यों की तेजी से बढ़ती संख्या के बीच सामूहिक विकास और सबके उत्थान के गगनभेदी नारों का क्या होगा?

"साहेब! 'गाँव फूटे तो जवार लूटे।' इस टोले में शराब बिक्री को छोड़कर सबकुछ में एकता हौ। अरुणवा टोले के डर से अपन लड़का गुजरात भेज देलक। साल भर हो गेल। आज तक अरुणवा नाहीं तो चिट्ठी भेजऽ हे, न कवनो के घर फुन करऽ हे। ऊ लड़का टोलवा में पढ़ाई-लिखाई और शराबबंदी करावे खतिरा जी-जान देवे के तैयार रहत। बार-बार कहत कि बगल के टोला में दारू काहे नाहीं बिकत। टोला के लोगन का साथ मिलत तो सबकुछ करे ला तैयार हल।"

अभी वह बोल ही रही थी कि मजदूर खोजने बगल के मोहल्ले से आए एक बुजुर्ग ने अपनी बात शुरू कर दी—

"वह लड़का मेरे पास भी गया था। हम बगल (अपने घर की दिशा में इशारा करते हुए) में रहते हैं। ऐसा नहीं कि ये लोग कम कमाते हैं, लेकिन रहन-सहन का कोई तौर-तरीका नहीं है। आखिर सरकार क्या करेगी? ये लोग अपना घर-आँगन भी साफ नहीं करते। नहाते-धोते नहीं। सरकार इतनी सुविधा देती है, लेकिन ये अपने बच्चों को स्कूल नहीं भेजते। इसमें आप और हम क्या करेंगे? हम बार-बार कहते हैं कि टोले के किसी लड़का-लड़की को कूड़ा-करकट चुनने मत भेजो। यह देखिए, इस लड़के (एक बालक को दिखाते हुए) की उम्र स्कूल जाने की नहीं है? लेकिन स्कूल नहीं भेजते हैं ये लोग, जबकि इस जाति के बच्चों को सरकार कपड़ा, खाना के साथ अलग से छात्रवृत्ति भी देती है। आप जब से यहाँ आते हैं, हम लोग देख रहे

हैं कि साफ-सफाई रह रही है। शराब भी कुछ कम हुई है। जैसे ही आप का यहाँ आना बंद होगा, यह सब अपने ढर्रे पर आ जाएगा। इन लोगों पर असर पड़नेवाला नहीं है। बस, जानवर जैसे रहो और जानवर जैसे बच्चा पैदा करो। यही काम है इन लोगों का।"

बुजुर्ग अपनी बातें कह आगे बढ़ने लगे तो मैंने रोका—

"भाई साहेब, आप लोग बगल में रहते हैं। इनके विकास से आप लोग भी लाभान्वित होंगे। क्यों नहीं कुछ पहल करते?"

बगल के मोहल्ले में रहनेवाले उस बुजुर्ग से आग्रह किया। उम्र और बातचीत से लगा कि बैंक के कर्मचारी अथवा किसी विभाग के बड़े बाबू रहे होंगे। अवकाश प्राप्ति के बाद गृह निर्माण का अपना पारिवारिक दायित्व निभाने के दरम्यान मजदूर के लिए इधर आए होंगे।

"आप नहीं समझ रहे। ये लोग दूसरे की बात मान लेंगे, लेकिन मोहल्ले के लोगों की बात नहीं मानेंगे। समझेंगे कि कुछ राजनीति है। मोहल्ले के लड़कों ने कुछ दिन इनके बच्चों को पढ़ाने का प्रयास किया था, लेकिन ये लोग नहीं सुने। आँगनबाड़ी केंद्र में भी अपने बच्चों को नहीं भेजते। कोई बात कहिए, टाल जाते हैं। कभी कोई महिला-पुरुष अपने बच्चे को पढ़ने के लिए दबाव नहीं देता। इन्हें तो हर काम में पैसा चाहिए। हम लोग अपने बच्चों को पढ़ाने के लिए क्या-क्या नहीं करते? लेकिन ये लोग हर सुविधा के बावजूद बच्चों को स्कूल नहीं भेजते। सरकार लाख प्रयास करे, ये सूअर के खोभाड़ (सूअर बाँधने की गंदी जगह) में रहना पसंद करते हैं। दूसरे के घर जाकर साफ-सफाई करते हैं, लेकिन अपने घर साफ-सफाई नहीं करते। पूछिए तो, इतने लोगों में से आज कौन-कौन नहाया है? पानी तो इन लोगों को काटता है। आप देखते होंगे कि इन लोगों से कोई सटना नहीं चाहता, क्योंकि इनकी देह महकती है। अरे भाई! इनके शरीर का चमड़ा थोड़े महकता है, बल्कि ये लोग नहाते-धोते नहीं हैं। वही कपड़े पहनकर खाएँगे, सोएँगे और सूअर चराने से लेकर सब काम करेंगे। एक-एक कपड़ा आठ-आठ दिन पहने रहते हैं। पानी तो जैसे इन लोगों को काटने दौड़ता है। ये सब दूसरे मोहल्ले के लोगों को देखकर भी नहीं सीखते। देखिए, बगल में अनुसूचित जाति के

ही दुसाध और चमार लोग रहते हैं, लेकिन उनके और इनके बाल-बच्चों के रहन-सहन में जमीन-आसमान का अंतर है। भाई साहब, देखकर भी कुछ सीखना चाहिए। समाज कहाँ जा रहा है। सूअर के साथ रहते-रहते इनकी बुद्धि भी सूअर जैसी हो गई है। हम नौकरी में भी रहे तो दो-तीन मुसहरों को रिक्शा खरीदवा दिए थे, लेकिन बेच-बाचकर खा गए। आप ही बताइए, शहर में रिक्शा चलानेवाले या मजदूरी करनेवाले के बराबर ये लोग भी कमाते हैं, लेकिन उनके जीवन स्तर और इनके बीच बहुत बड़ा अंतर है। आखिर इसका क्या कारण है ? ये लोग सुधरनेवाले नहीं हैं। इन्हें भी आरक्षण मिला है। लाभ दूसरा ले जाता है, क्योंकि ये पढ़ते-लिखते नहीं हैं। एक बात कहें, बुरा मत मानिएगा। इनके लिए जो काम करने का दावा करते हैं और ये लोग जिनको अपना वोट देते हैं, वे कभी इनके बच्चों की पढ़ाई-लिखाई के लिए कुछ करते हैं ? नहीं करेंगे। वे चाहते हैं कि ये लोग इसी तरह बने रहें। पढ़-लिख जाएँगे तो हाथ से निकल जाएँगे। इनकी पार्टी को कभी शिक्षा, स्कूल और शिक्षक के लिए आंदोलन करते आपने सुना है! बस जनवितरण, जमीन और सामंतवाद के लिए धरना-प्रदर्शन। जो कभी नहीं पूरा हो सके, उसी के लिए आंदोलन। आप अपना काम कीजिए, ये लोग सुधरनेवाले नहीं हैं। न इनकी पार्टी के लोग चाहेंगे कि ये विकास करें।"

"आपने बैंक से अवकाश ग्रहण किया है। अपने अनुभव का लाभ कुछ इन्हें भी तो दीजिए। कुछ तो बदलाव का प्रयास कीजिए।"

"इनको बदलने के चक्कर में खुद बदल जाएँगे, हूँ। अपना काम कीजिए। हम चले।"

बुजुर्ग इनकी दिनचर्या में परिवर्तन के प्रति उदासीनता दरशाते हुए कलाई में बँधी घड़ी पर नजर डालकर चल दिए। गली के दूसरी ओर जाकर बालचंद-बालचंद की आवाज लगाने लगे। मेरे साथ और लोग भी बालचंद-बालचंद की प्रतिध्वनि पर केंद्रित हो गए।

"का कहूँ साहेब, जब गति खराब होत तो इहे हाल होत। बगल के दुसाध टोली और कुम्हार टोली के लड़का-लड़की कूड़ा नाहीं बिनत। इहाँ तो

सबका दलिदरा (दरिद्रता) घेरले हौ। पढ़ाई-लिखाई से कोई मतलब न हे। दिन भर कमाओ और रात को हँड़िया चाटो। ई टोला कभी सुधरेवाला नाहीं हौ। सब लोग तो इहाँ मौजूद हौ। पूछिए, जो कंबल ओढ़े खतिरा बँटवाए थे, ओमा से भी कुछ पियक्कड़ई में बेच दियो। कोई पूछेवाला है कि जब कंबल ओढ़े के लिए मिला, फिर काहे बेचा? ये लोगन का बस चले तो अपन मउगी (पत्नी) के गहना बेच के पी जात। हम तो कहत कि आप पुलिस के बड़का साहेब से बात करके इहाँ का दारू एकदम बंद करवा दौ। जो दारू पीअत और बिक्री करत पकड़ात ओके बढ़िया से कचुमर निकाल देवे का जरूरत हौ। दारू बेचेवाला के मउगी को भी जेल होत, तब डर पैदा होत। पूरा परिवार परेशानी में परत, तब दारू बेच के दोसर के परिवार के जिनगी बिगाड़े के मजा कहाँ समझ में आवत। अभी तो दारू बेचत पकड़ात और हजार-दो हजार देके छूट जात। दूसरे का परिवार बिगड़ले का मजा कहा समझ में आवत। अच्छा साहेब! नीचेवाला न देखत, लेकिन ऊपरवाला तो जरूर देखत। दूसर के बरबाद करेवाला खतिरा देर होत, लेकिन अँधेर नाहीं होत।"

बुजुर्ग के चबूतरे के समीप से जाने के बाद मुगिया इहलोक और परलोक के दंड विधानस्वरूप बताने लगी। प्रशासनिक काररवाई की व्यूह रचना समझाते हुए ईश्वर के नैसर्गिक न्याय के प्रति भी अपनी राय से अवगत कराया। उसका मानना था कि शासन-प्रशासन भले अवैध दारू बेचनेवाले को छोड़ दे, लेकिन भगवान् इन्हें कभी माफ नहीं करेंगे। जो दूसरे का घर बिगाड़ रहे हैं, उनका घर भी देर-सवेर जरूर बिगड़ेगा। क्रिया के विपरीत प्रतिक्रिया का सिद्धांत समझा रही थी। अटूट विश्वास, देर है, अंधेर नहीं।

"हम ई बात नाहीं मानत साहेब! आज बुरा काम करेवाला ही खूब फलऽ-फुलऽ हौ। दू नंबरीवाला के हर जगह पूछ होत। ओके बेटा-बेटी के पहिरल-ओढ़ल देखले पर लागत कि कतने खनदानी हौ। अच्छा काम करेवाला के कोई न पूछत। ओके कहीं चर्चा सुनात हौ? मिहनत-मजदूरी करेवाला के तो दू जून के रोटी भी ठीक से नाहीं मिलत। सब ओके बेकूफ समझत। भगवान् भी बुरा काम करेवाला के ही साथ देत।"

मुगिया के साथ बैठी एक महिला ने बतकही में शामिल होते हुए अपना उद्गार व्यक्त किया। करीब 30 वर्षीय दुबली-पतली उस महिला का हाव-भाव एवं बॉडी लैंग्वेज इनसे अलग था। पहली बार वह बातचीत का हिस्सा बनी थी।

"नाहीं बाबू, अच्छा काम अच्छे होत और बुरा काम बुरे होत हौ। एका का बुझाय। अभी ई दुनिया के सबकुछ नाहीं जानत। हमरे नैहर में दो जने खूब दारू बनावत और बेचत रहल। वो जन के खुबै चलती भेल। जब गाँव-गिरान में कबो-कबो फटफटिया दिखत, ओह क्षण ओके दरवाजे पर रोजे फटफटिया और मोटर कार के लाइन लगत। एकै जात तो एकै आवत। दिन भर चाह-पानी चलत। गाँव-जवार में चर्चा हो गेल कि लोग जतने महीना कमात, ओतने तो ओकरे चाह-पानी में खर्चा होत। दिन भर दारू जर्किन से गाँवे-गाँव ढोआत। दस-बारह आदमी हरदम खटत। सब मजदूरन के खाना और दारू फ्री रहत। ओहनी घर काम करे ला मजदूरन मा होड़ लगत। एक बुलावै, चौदह आवै। कई बार पुलिस छापेमारी करे गेल, तो ओके भी ढेला-पथल चला के गाँववाला भगा देलक। पूरा गाँव ओहनी का मुट्ठी में रहत। दुनों अहिरे हल। कारोबार के बखत दुनों के परिवार एक दाँत का रोटी खात, लेकिन बाद में पइसा-रोपया लागी दूनों जन में झगड़ा भऽ गेल। झगड़ा एते बढ़ल कि दूनों ओर से दो-दो मर्डर हो गेल। आज दूनों परिवार बरबाद हो गेल। ऊ सब दारू पिया के दोसरे का घर बिगड़ले, भगवान् ओसब के घर रावण के नाई तहस-नहस कर देले और गाँव-जवार के लोग जस-के-तस रह गेल। बाबू एके का समझ हौ अभी। दो नंबरी पैसा आँधी जस आवत हौ और तूफान जस चल जात। देखत-देखत साफ। भगवान् दुश्मन के भी ऐसा पैसा न दे, जेके न आवत देर, नाहीं जात देर।"

मुगिया ने न सिर्फ नास्तिकता पर आस्तिकता का अपना प्रभाव बताया, बल्कि उदाहरण के साथ गलत और सही के परिणाम के प्रति अपना तर्क भी रखा। यह सच्ची घटना शहर से सटे एक गाँव की है, जहाँ अवैध दारू बनाने और बेचने के क्रम में दो परिवारों की दोस्ती, दुश्मनी की सारी हदें पार हो गईं। अभी तक दोनों परिवारों की ओर से दो-दो हत्याएँ हो चुकी हैं।

दोनों परिवार बुरी तरह से छिन्न-भिन्न हो गए। एक परिवार का मुख्य सदस्य अभी भी काराबंदी है। मुगिया की बात पर अचानक एक अपर समाहर्ता का तर्क याद आ गया, जिसे उन्होंने क्षेत्र के प्रसिद्ध संत श्री जीयर स्वामी के सामने रखा था। दोनों तर्कों में बिल्कुल समानता थी। अपर समाहर्ता ने पूछा था, "सच्चाई के रास्ते चलनेवालों को परेशानी होती है, जबकि गलत रास्ता अख्तियार करनेवालों की इस समय खूब तरक्की हो रही है। फिर लोग सही रास्ते पर चलकर कष्ट क्यों झेलें?"

श्री जीयर स्वामी ने मुसकराकर कहा था, "गलत रास्ते पर चलनेवाले किसी व्यक्ति अथवा व्यक्तियों के समूह की नीयत अवधि में धन-संपत्ति में वृद्धि को ही आधार नहीं बनाना चाहिए, बल्कि यह देखना चाहिए कि अमुक व्यक्ति अगर गलत कार्य के साथ तेजी से धन अर्जित कर रहा है, तो उसके परिवार की सुख-शांति और समाज में सम्मान लगातार बढ़ रहा है या व्यवधान है। ऐसे लोगों का धनार्जन काफी जोखिम भरा होता है। कभी भी कोई हादसा हो सकता है—सामाजिक, प्रशासनिक अथवा प्राकृतिक। समाज कभी भी ऐसे लोगों को सम्मान की दृष्टि से नहीं देखता, बल्कि मकान निर्माण या शादी-विवाह के अवसरों पर उदाहरण देता है कि मेरे पास अमुक व्यक्ति की तरह (गलत ढंग से) पैसा नहीं है, जो खर्च करता जाऊँ। समाज में गलत कार्य के लिए उदाहरण बन जाना, क्या सामाजिक उपेक्षा नहीं है? लोग समाज में प्रतिष्ठा के लिए जीवन दाँव पर लगा देते हैं और उपेक्षा का यह उदाहरण भले लोग कतई बरदाश्त नहीं करेंगे।" उन्होंने कर्तव्य और प्रारब्ध की चर्चा करते हुए कहा था कि "व्यक्ति का वर्तमान कार्य ही बाद में प्रारब्ध बन जाता है, जिसके कारण लक्ष्मी अथवा सरस्वती की कृपा होती है। जो इन्हें सम्मान के साथ नहीं रखता, वह पश्चात्ताप करता रह जाता है।" उदाहरण देते हुए उन्होंने बताया था कि "अगर पाँच व्यक्ति के खाते में दस-दस हजार रुपए डाले जाएँ। चार के खाते में पूर्व से अलग-अलग राशि पड़ी हो और एक का खाता माइनस में हो तो कुल राशि बराबर तो नहीं होगी, यानी पूर्व का अर्जित हमेशा वर्तमान को प्रभावित करता है। ऐसी स्थिति में आपका तर्क कि सबको दस-दस हजार मिले थे, के अनुरूप परिणाम प्रभावित नहीं

होगा।" उन्होंने सद्कार्य और गलत ढंग से अर्जित संपत्ति के दुष्परिणामों पर विस्तृत प्रकाश डाला था।

पुन: मुगिया कुछ कहने जा ही रही थी कि बीच में बात काटते हुए गणेश ने कहा।

"अरे, साहेब रोज-रोज इहाँ थोड़े आते हैं। तुम सब काहे अपना जात चिल्ला रही हो। नहीं चुप रहोगी। कुछ लिखने-पढ़ने भी नहीं देती है। अभी आएगा शिवरतना तो ठेठाने (पीटने) लगेगा।"

गणेश झल्लाते हुए बोले।

"कब से माई चिल्लात हौ सुनऽ हे न? माई एहिजे पानी पीए (नाश्ता) का लावऽ हे।"

गणेश के करीब सात वर्षीय बेटे सुडू ने उनके हाथ में लोटा देते हुए कहा।

"न-न हियाँ मत लाओ। अभी कौन टाइम हुआ है। कहीं जाना नहीं है। हम अकेले खाएँगे? साहेब बैठे हैं। चलो, घर आ रहे···।"

उनका वाक्य अभी पूरा भी नहीं हुआ कि उनकी पत्नी एल्यूमिनियम की थाली में रोटी और साग लेकर चली आई।

"अरे, हम तो आ ही रहे थे। इहाँ काहे लाई?"

गणेश अपनी जगह से उठते हुए बोले।

"तू तो बारह बजीआ हौ। तोहरे लागी हम घर में पैर तोड़ के बैठल रहूँ। जल्दी खा। हम छाँट बिने जात हौ। खा के सुडूआ से थरिया भेज दिहो।"

गणेश मुसहर के सामने नाश्ते की थाली रखकर पत्नी लौटने लगी। उन्होंने थाली हाथ में थाम ली।

"साहेब! हम दो रोटी खा लें? आप तो चाय भी नहीं पिए।"

"हाँ-हाँ, आप लोग अपने काम में लगे रहिए। परेशान होने की कोई जरूरत नहीं है। जरूरत होगी तो बोलूँगा।"

गणेश की थाली को तिरछी नजर से देखा। पाँच-छह सामान्य से थोड़ी मोटी रोटियाँ होंगी। थाली में एक किनारे रोटी के अनुपात में बहुत कम पालक का साग। मुँह दूसरी तरफ करके उसी चबूतरे पर नाश्ता करने लगे।

"अरे सुडूआ, एक हरा मिर्चा लाओ तो।"

रोटी तोड़ते हुए उन्होंने बेटे को आवाज दी, जो चबूतरे से करीब दस गज की दूरी पर एक कुतिया के बच्चे को अपनी गोद में लेकर खेलने लगा था।

"बिना अच्छी तरह हाथ धोए खाना-नाश्ता नहीं करना चाहिए।"

गणेश की ओर मुँह घुमाकर कहा।

"नहीं साहेब, हाथ गंदा नहीं है। देखे नहीं, लोटा के पानी से पहले हाथ धोए तब न खा रहे हैं। ई सबको भी हम बराबर कहते हैं कि बढ़िया से हाथ-मुँह धोकर खाना खाओ और रोज-रोज नहाओ, लेकिन ई सबको पानी काटता है। जानते हैं, साहेब, मुसहर जात को पानी से बहुत डर लगता है। ई लोग तो नहाने से बचने के लिए कहता है कि—

'अच्छा भेल जे मुसहर में जन्म भेल। रजपूतवा-बभना किहाँ जमते तो नहवाइए के मुआ देत।'

रोटी चबाते हुए गणेश ने यह जुमला कहा, जिसे नहीं नहानेवाले मुसहर के औरत-मर्द अकसर अपने मोहल्ले में कहते हैं। इसका अभिप्राय कि राजपूत-ब्राह्मण के घर जन्म लेने पर रोज-रोज नहाना पड़ता। अच्छा हुआ जो मुसहर के घर जन्म लिया।

"बाबू हरा मिर्चा न हौ।"

सुडू ने उल्टे पाँव आकर कहा।

"सुनो-सुनो, चाची किहाँ से माँग लाओ। दाँत चिपरले का है रे। लाओ जल्दी। खा लेंगे तब लाओगे? जल्दी दौड़ो नहीं तो…"

गणेश ने दाँत पीसा।

"साहेब! पिंसिन्वा (सामाजिक सुरक्षा पेंशन) महीने-महीने काहे नाहीं मिलत हौ? छह महीना-साल भर बाद नौ नतीजा करके मिलत। महीने-महीने मिलत तो बहुत अच्छा रहत। टी, टी, टी, टी दो सौ रुपैया खतिरा एको करम नाहीं बाचत।"

सरसतिया ने जानकारी हासिल करने के लिए प्रश्न किया।

"साहेब, डाकमुंसी हर बार 20 रुपया काट लेत। अधिक रहत तो पचास माँगत। लगत कि ओका सरकार महीना न देत, हमन सबके भरोसे ही जीयत

हौ।"

उसने उलाहना भरे शब्दों में कहा।

"नहीं, पैसा पोस्टमैन क्यों लेगा, इसमें उसकी क्या भूमिका है? सामाजिक सुरक्षा पेंशन तो सरकार देती है। आप लोगों की पेंशन 300 रुपए हो गई है। मुख्यमंत्री 400 करने की घोषणा कर चुके हैं। गरीबों की इतनी कम पेंशन में से भी पैसा माँगता है पोस्टमैन?"

आश्चर्य व्यक्त करते हुए कहा।

"आप लोगों का पैसा है। एक बार क्यों निकालते हैं? अगर एक बार हजार-बारह सौ आता है, तो आवश्यकता के अनुसार निकालिए। बाकी पैसे खाते में छोड़ दीजिए। वह पैसा आपका है। प्रत्येक माह निकालिए या दो माह पर। इससे पोस्टमास्टर को क्या मतलब? आप लोग जब जाइएगा निकालने, तब निकलेगा। बैंक की तरह ही पोस्ट ऑफिस का बचत खाता होता है। उस खाते में अपना बचाया हुआ थोड़ा-बहुत पैसा भी जमा कर सकते हैं। जब इच्छा हो, उसमें पैसा डालिए और निकालिए। केवल पेंशन मिलने के लिए वह खाता नहीं होता है। हो सकता है, कुछ दिन बाद फिर पहले की तरह ब्लॉक में पेंशन मिलने लगे, लेकिन पोस्ट ऑफिस का खाता तो आपका बचत खाता है। हमेशा उसमें 50-100 डालते रहिए। जरूरत पड़ेगी तो निकालिएगा।"

विस्तार से समझाने का प्रयास करने लगा, लेकिन बीच में ही बात काटकर सरसतिया बोल उठी।

"मतलब साहेब, महीने-महीने रुपया कैसे निकलत? पिंसिन आवे पर शिवरतना से पोस्ट मास्टरवा खबर पेठावत हौ। जो पेंशन बाँटे के दिन नाहीं जात, वोके बहुते गरिआवत। कहत हौ कि—'बाबू का दलान है। जब मन करता, चले आते हो।'

पेंशन बाँटे के दिन सब काम छोड़ के पोस्ट ऑफिस जात हौ। आप कहत हौ कि जब चाहे, निकालो। अइसा कैसे होत?"

सरसतिया ने बड़ी उत्सुकता से मेरी ओर देखते हुए कहा।

"पिछली दफे (बार) हम काटे (फसल काटने) गेल हल, तो हमका

बड़ा फजीहत केले। चार दिन दौड़ावे के बाद वार्ड कमिश्नर के कहे पर पिंसिन देलक। ओसे तो ज्यादा ओका बेटवा बोलऽ हे। कह रहल कि लेट होत तो पिंसिन नाहीं मिलत। आप कहत साहेब, कि इच्छा हो, तब निकालो। ऊ तो पिंसिन के किताब (पेंशन बुक) भी रखऽ हल। कहऽ हल कि तोसे खो जात, लेकिन हम काहे के पिंसिन के किताब ओके पास छोड़त। पोस्टमास्टरवा का बेटवा नराज हो गेल। साहेब, कंसा बऽ का पिंसिन नाहीं होत?"

सामाजिक सुरक्षा वितरण में आनेवाली परेशानियों की चर्चा करते हुए वह टोले के कंस मुसहर की विधवा को पेंशन बनवाने की बात करने लगी।

"वोका सवांग (पति) पिछले दशहरवा में मर गेल। कोई देखेवाला नाहीं हौ। बड़ा पुन (पुण्य) होत बाबू! तीन-तीन लड़का हौ वोका। नन्हकी तो अभी गोदीए में हौ।"

दोनों हाथों की अंजलि को दाएँ-बाएँ हिलाकर शिशु की शेप देते हुए कहा। ये लोग किसी के मरने का समय उस वक्त के पर्व-त्योहारों के नाम के साथ जोड़कर बताते हैं। जैसे अक्तूबर में मरनेवाले को दशहरा के समय, उसके बाद दिवाली के समय, जनवरी में संक्रांति और मार्च के आस-पास मरनेवाले को होली के समय मरना या पैदा होना बताते हैं।

"कैसे मरे थे?"

"का कहें साहेब, भगवान् का मर्जी। बहुत दिन से बीमार हले। दिनभर खाँसत रहत। कोई कहत कि छूत (टी.बी.) हौ तो कोई कालाजार। कंसा बऽ अपन मरद के दवा-दारू भी सावंग (हैसियत) भर बहुते केले। लोग जहाँ-जहाँ बोलत, देखावे ले जात। ओझा-गुणी से लेके दवा-दारू तक कवनो तिजारत (प्रयास) नाहीं छोड़ले हल, लेकिन दिन-पर-दिन रोग बढ़त गेल और दशहरवा में मर गेले। अभी तो ओका कामो-क्रिया (श्राद्ध) नाहीं भेल हौ। अपन भाई-भतीजा भी नाहीं हौ कि लाग-भीड़ के करा देत। ए औरत के ऊपर तो पहाड़ टूट गेल साहेब!"

"क्या काम करते थे?"

"सीमेंट के दुकान पर पलदारी।"

"इंश्योरेंस नहीं कराया था?"

"इंशुरेंट का साहेब?"

प्रश्न किया सरसतिया ने।

"आदमी के शरीर का बीमा होता है। बीमा कराने से आदमी के मरने के बाद परिवार को पैसा मिलता है। इसे कराने के लिए थोड़ा-थोड़ा पैसा जमा करना होता है। अगर आदमी जिंदा रह गया तो उसे जमा पैसे पर सूद के साथ रुपए मिलते हैं। मर जाने के बाद परिवार को। सरकार ने तो अब गरीबों को कम पैसे में भी बीमा की सुविधा दे दी है। ग्रामीण क्षेत्र के गरीब किसान-मजदूरों के लिए तो बहुत बढ़िया 'आम बीमा योजना' सरकार चला रही है। बिल्कुल मुफ्त। एक रुपया भी नहीं लगता। घर के गार्जियन का बीमा और बच्चे को पढ़ाने के लिए पैसा भी। भगवान् न करे किसी को कुछ हो, लेकिन अगर हो गया तो एक्सिडेंटल डेथ में सत्तर हजार और सामान्य मृत्यु की स्थिति में तीस हजार रुपए मिलेंगे। मुख्यमंत्री नीतीश कुमार ने गरीब किसान और मजदूरों के लिए शुरू कराया था। करीब एक बीघा से कम जमीनवाले परिवार के मुखिया का यह बीमा मुफ्त में हो जाता है। आप लोग जानते हैं कि नहीं? बी.पी.एल. परिवार के लिए राष्ट्रीय स्वास्थ्य बीमा योजना भी चल रही है। मात्र तीस रुपए में साल भर इलाज प्राइवेट डॉक्टर या कुछ सरकारी अस्पताल में करा सकते हैं। कंस मुसहर का नाम बी.पी.एल. सूची में था कि नहीं?"

"पता नाहीं हौ साहेब!"

"किसी के पास यहाँ बी.पी.एल. सूची है?"

सब लोग गणेश की ओर देखने लगे।

"वार्ड कमिश्नरवा के पास होगा। इहाँ तो कोई का जरूरत पड़ता नहीं है।"

"अगर बी.पी.एल. सूची में कंस का नाम होगा तो उनकी पत्नी को 20 हजार रुपए 'राष्ट्रीय परिवार लाभ योजना' के तहत मिल जाएँगे। केंद्र अथवा बिहार सरकार की सामाजिक सुरक्षा योजना से पेंशन भी स्वीकृत हो जाएगी। दाह-संस्कार के लिए 'कबीर अंत्येष्टि योजना' के तहत 1500 रुपए

तत्काल मिलते हैं। अभी हाल में केंद्र सरकार ने भी गरीबों के लिए बीमा एवं पेंशन की योजनाएँ शुरू की हैं, जिन पर बहुत कम खर्च आ रहा है। नहीं के बराबर।" गरीबों के लिए केंद्र एवं राज्य सरकार की संचालित कल्याणकारी योजनाओं की जानकारी दी।

"कंस का नाम बी.पी.एल. सूची में होना चाहिए साहेब! वार्ड कमिश्नर के पास तो जरूर होगा। हम दो-तीन बार कबीर योजना का डेढ़ हजार रुपया के लिए उससे बोले भी, लेकिन जानते हैं साहेब, ऊ इतना बदमाश है कि टोलवा के लिए कुछ करना नहीं चाहता। ई लोग वोट तो हमको दिए थे। इसलिए यहाँ ध्यान नहीं देता। बताइए, ई सब गरीब पर जो ध्यान नहीं देगा, उसका भगवान् कभी भला करेंगे?"

गणेश ने हाथ धोते हुए कहा।

"दाह-संस्कार के समय इन्हें 'कबीर अंत्येष्टि योजना' के तहत पंद्रह सौ रुपए क्यों नहीं मिले? यह राशि तो तत्काल वार्ड आयुक्त और गाँवों में पंचायत सचिव या मुखिया दे देते हैं। बाद में कागजी औपचारिकता पूरी करते हैं।"

"नाहीं साहेब! एक दिन वार्ड कमिश्नर मजदूर खोजने आया तो हम बोले कि कंस बऽ को रुपया अभी तक नहीं मिला। उसने बताया कि अभी ब्लॉक में पैसा आया नहीं है। आने पर मिल जाएगा। पेंशन के लिए फारम भरवाने को कहा था।"

"इसका अर्थ है कि कंस का नाम बी.पी.एल. सूची में है। तभी वार्ड कमिश्नर बोल रहे थे। पूरे टोले में किसी को जानकारी नहीं है कि उनका नाम बी.पी.एल. सूची में है अथवा नहीं। यह बड़े दुःख की बात है। कम-से-कम आपको टोले की एक बी.पी.एल. सूची रखनी चाहिए। आजकल बी.पी.एल. सूची से बहुत सुविधाएँ मिलती हैं।"

"न साहेब, एका लेखा-जोखा कोई का पास नहीं है। कंस के नाम से लाल कार्ड तो है। उनका मरे चार-पाँच महीना होनेवाला है। अब मिलेगा कि खत्म हो गया?"

गणेश ने मुझसे सरकारी कर्मी की भाँति प्रतिप्रश्न किया।

"जरूर मिलेगा। आप लोग आवेदन दिलवा दीजिए। परिवार लाभ के तहत 20 हजार रुपए मिलेंगे। 'लक्ष्मीबाई सामाजिक सुरक्षा पेंशन' के तहत उनकी पत्नी की पेंशन भी स्वीकृत हो जाएगी। प्रत्येक माह तीन सौ रुपए। कंस का मृत्यु प्रमाण-पत्र बना है कि नहीं?"

"नाहीं साहेब!"

"आप लोग अपने वार्ड कमिश्नर से मिलिए तो। मृत्यु प्रमाण-पत्र बनवाकर बी.पी.एल. सूची के साथ आवेदन दिला दीजिए। परिवार लाभ और सामाजिक सुरक्षा पेंशन; दोनों स्वीकृत हो जाएँगे। बच्ची का 'मुख्यमंत्री कन्या सुरक्षा योजना' के तहत दो हजार रुपए का यू.टी.आई. सर्टिफिकेट भी बनेगा, जो उसकी शादी के समय करीब अठारह से बीस हजार रुपए तक हो जाएगा। यहाँ आँगनबाड़ी केंद्र तो चलता है?"

गणेश मुसहर की ओर इशारा करके पूछा।

"हाँ साहेब, तीन-चार साल पहिले इहाँ चलता था, लेकिन अब सेविका अपने घरवे में चलाती है। उहाँ मुसहर का लड़का लोग नहीं जाता है। दूसरा बचवा इन लोगों को मारता है। पहले इहाँ चलता था, तो कुछ बच्चे जाकर खिचड़ी खाते थे।"

"इसका मतलब, आँगनबाड़ी केंद्र इसी टोले के नाम पर स्वीकृत है, लेकिन आप लोगों की उदासीनता के कारण दूसरी जगह चलता है। आप लोग कभी इसकी शिकायत किए कि नहीं?"

"पता नाहीं साहेब! हाँ, पाँच-छह महीना पहले जीप से तीन-चार लोग आए थे। पूछ रहे थे कि केंद्र कहाँ चलता है। टोला का लोग बता दिए कि इहाँ नहीं चलता है।"

गणेश बेटे को थाली पकड़ाते हुए बोले।

"साहेब, वो लोग पूछ रहे थे कि मुसहर टोली का केंद्र किधर चलता है? उसमें एक औरत भी थी। ऊ सेविका पर बहुत खिसिया रही थी। हमसे पूछी कि टोले के कितने बच्चे आँगनबाड़ी में जाते हैं। हम तो साफे बता दिए कि ई टोला का एक भी बच्चा नहीं जाता है। आपे बताइए साहेब, ई टोला

में चलेगा, तब न आदमी अपने बच्चे को भेजे। दोसरा टोला में बच्चों को भेजने में थोड़ा सोचना पड़ता है। लड़का है सब। कहीं झगड़ा-झंझट कर देगा तो लेना का देना पड़ जाएगा। इससे बढ़िया कि उधर कोई जइबे नहीं करेगा। यहाँ तो कभी-कभी गर्भवती को चावल-दाल, गड़ी तेल के डब्बा से नापकर (अधिकांश आँगनबाड़ी केंद्रों पर नारियल तेल के टीनवाले डिब्बे को बाँट के बतौर उपयोग किया जाता है।) मिल जाता था। अब तो वह भी नहीं मिलता। छोड़िए साहेब! हम लोग झगड़ा-झंझट से दूर रहना चाहते हैं। जाओ भाई, तुम्हीं राजा बनो। सरकार को यह सब देखना चाहिए कि कहाँ क्या हो रहा है?"

कहते हुए गमछा बिछाकर चबूतरे पर लेटने लगे गणेश।

आई.सी.डी.एस. के तहत संचालित आँगनबाड़ी केंद्रों की इतनी बदतर स्थिति। सोचकर मन में कुपोषण के विरुद्ध सरकारी अभियान पर तरस आने लगा। बाल विकास परियोजना तथा प्रशासन के वरीय पदाधिकारी आखिर क्या निरीक्षण करते हैं? चबूतरे के नीचे दर्जन भर से अधिक बच्चों पर नजर टिक गई, जिनमें अधिकांश कुपोषित और अति कुपोषित शब्द से सीधा ताल्लुक रखते थे। टोले के लोगों की जागरूकता पर मन में सवाल उठा।

"आप लोगों ने कभी शिकायत नहीं की? कम-से-कम जिला पदाधिकारी के जनता दरबार में एक आवेदन तो डाल आते।"

"साहेब, दरखास्त देवे से कुछ होता है? सब मिल रहता है। सुनते हैं सब केंद्रवे से पैसा बँधल हौ। 'चाम का जूता और कुत्ता रखवार।' का होगा दरखास्त देके। कोई सुनेवाला है इहाँ?" अजीब किस्म का मुँह बनाते हुए गणेश ने जम्हाई ली।

"कागज कभी बैठता है? अपनी रफ्तार से चलता रहता है। अच्छे पदाधिकारी रहे तो चिकनी सड़क की भाँति काररवाई की गति तेज हो जाती है और भ्रष्ट पदाधिकारियों के वक्त गड्ढेनुमा सड़कों की भाँति ब्रेक लगता रहता है, लेकिन रुकता नहीं।"

गणेश को आवेदन के लिए प्रोत्साहित किया।

"चाचाजी, लड़की होने पर रुपया कहाँ से मिलत?"

एक महिला ने गोद में करीब छह माह की बच्ची लिए ललाट की ओर आँचल सरकाते हुए नजदीक आकर पूछा। अपेक्षाकृत साफ-सुथरी और पैर में हवाई चप्पल पहने उक्त महिला का आँचल सिर से थोड़ा नीचे गिरकर घूँघट का स्वरूप ग्रहण करते दिखा। एक हाथ से बच्ची और दूसरे हाथ से आँचल का छोर पकड़े हुए थी, ताकि सिर से आँचल सरक न जाए। पहली बार टोले में किसी ने 'चाचाजी' कहा था। नहीं तो इस टोले में बाबू, साहेब, साहब, सर, सरकार और गाँव की ओर से आए रिश्तेदार तो मालिक और मलिकार शब्द से संबोधित करते हैं। कई बार कहा कि मेरा नाम लेकर बोलिए, लेकिन हर कोई अपने-अपने ढंग से संबोधित करता। जिस तरह यहाँ की भाषा में एकरूपता नहीं, उसी तरह संबोधन का भी अलग-अलग अंदाज। साक्षर पुरुषों को छोड़ बाजार में काम करनेवाले पुरुष-महिला और गाँव की महिलाओं की भाषा-शैली बिल्कुल अलग। कुल मिलाकर बोलचाल के मामले में यह टोला भाषा-संगम। खड़ी बोली में भोजपुरी और मगही का गाढ़ा घोल। कभी-कभी तीनों अपने अलग वजूद के लिए भी बेताब दिखते, लेकिन अगले ही पल धराशायी होकर अवलंबन के लिए मजबूर हो जाते। इन टोलों में तीनों भाषाओं के मिश्रण से बनी, एक अलग भाषा सुनने को मिलती है, जो दुनिया के किसी कोने में सुनाई नहीं देगी। ऊ जा हल, ऊ जईते हऽ और ऊ जा हासो यानी वह जा रहा है, वह जाता है, वह जाता था और कभी-कभी जाएगा के लिए भी उपयुक्त। कुछ ऐसे भी शब्द हैं, जिन्हें किसी भी भाषा की डिक्शनरी से निकाला नहीं जा सकता। उदाहरण के लिए जाना शब्द को जईते हऽ, जा हल और जा हासो जैसे प्रत्यय के साथ बोलने का प्रचलन है। हम, तू और वो सर्वनाम के साथ सब लगाने की एक परंपरा है। हम सब जा हल। ऊ सब जा हल, जा हासो और जइते हौ। कुछ ऐसे भी शब्द हैं, जो एक ही स्वरूप में विभिन्न जगहों पर अलग-अलग भाव देते हैं। जाना शब्द के लिए 'जइते' जइते हऽ/हौ प्रयोग किया जाता है। है और था के लिए हौ, हऽ, हल, हस और हासो जैसे पर्यायवाची शब्द उपयोग करते हैं। शब्दों को खींचकर बोलना इनकी आदत में शामिल है। कुछ ऐसे भी शब्दों का इस्तेमाल करते हैं, जिसे भोजपुरी इलाके की पिछली पीढ़ी बोलती थी।

मसलन थरिया (थाली), छूत की बीमारी (टी.बी.) और भिनसहरा (अहले सुबह) आदि। हालाँकि अधिकांश शब्द खड़ी हिंदी, मगही और भोजपुरी तथा उसके अपभ्रंश ही होते हैं। 'नहीं' शब्द पर जोर देकर 'नाहीं', 'मास्टर' शब्द को भोजपुरी टोन देते हुए 'मस्टरवा'...आदि।

"बगल के आँगनबाड़ी केंद्र में जाकर इसका जन्म प्रमाण-पत्र बनवा लो। बी.पी.एल. सूची में तुम्हारे पति अथवा ससुर का नाम है?"

"नहीं जानत हैं, चाचाजी!"

"साहेब, दो साल तो एका शादी के भेल हौ। धीरे-धीरे न सब बात जानत। अभी गवनेहरू (शादी के बाद ससुराल न जाकर गवना के वक्त पहली बार ससुराल जानेवाली विवाहिता) आयल हौ। रहते-रहत सब जान जात। अभी तो एके-दो बतिया जानत।"

बीच में टपकते हुए मुगिया मुसकराकर अपना मुँह ऐंठ दी।

सभी ने महसूस किया, "अभी तो एके-दो बतिया जानत।"

"धत् काकी! तोहके हर बखत मजाके सूझत।"

"साहेब! समझत नाहीं हौ का? यह उमिर (उम्र) में जे न हँसत-बोलत, फिर जवानी लौट के आयत का? फागुन का महीना हौ, कौन नाहीं जानत। एमा दु:ख लागे का कौन बात हौ। आपो तौ अभी नए हौ। मौका मिले तो दोसर शादी हो जात। हम तो कहऽ ही कि मुँह के फुहड़ अच्छा, लेकिन...। जिनगी में का हौ। हँस-बोल के काट लेवे का हौ।"

इस बार मुझे भी निशाना बनाया। मुगिया का हाथ चमकाने का वही पुराना स्टाइल। दोनों हाथों को छाती के बीच सटाकर आगे ले जाते हुए उलट दी। पीछे से किसी ने आवाज दी—

"अरे बोलऽकड़ी, डायनो (डायन) एक घर बरावत। साहेब को तो छोड़ देत। ई तोरा लगुहा (मजकिया रिश्ता) हैं का?"

उसी की उम्र की कोई महिला थी। उसे चबूतरे के समीप पहली बार देखा था। भरा-पूरा मांसल शरीर और चेहरे पर भद्रता की लकीर। माथे पर बड़ी बिंदी। साड़ी के ऊपर एक चेकदार शॉल।

"साहेब, मिडिल पास हे। कागज-पत्तर बाँच लेत। अपन बच्चिया के

बहुते जतन (सँभाल) से राखत। कभी जमीन पर नाहीं पारत (लिटाती) हौ। एके नैहर से खटिया मिलल हौ। आज तक एह टोला में कवनो का नैहर से खटिया नाहीं मिलल हौ। पहिल कनेया हौ, जे नैहर से खटिया और बिछावन के साथे बड़ा बक्सा लैले हौ। एका पूरा समान बक्सा में समा जात। ई खाली पैर कभी न चलत। मरद के तो अभी से मुट्ठी में राखत। का मजाल कि एकरे सुरेमना (पति) बिना एसे पूछे कवनो काम कर देत।"

अपने ऊपर संयमित रहने की नसीहत को धता बताते हुए मुगिया उस युवती की विशेषता बताने लगी।

"कागज-पत्तर बाँच लेत। कभी खाली पैर नाहीं चलत। अपने मरद के मुट्ठी में राखत।" आधुनिकता के साथ पति पर कमान का परिचय भी। युवती के दोनों पैर में बिछिया, सलीके से शरीर पर छोटे चेक की साड़ी, नाक में नथिया, माथे पर बिंदी और सुलझे हुए बाल। गुलाबी फ्रॉक में लिपटी अपनी बच्ची को जैसे दिखाना चाह रही थी।

"काऽ साहेब के देहवा पर चढ़ल जा हल। आजकल के कनेया-पतोह को लाजो-शरम नाहीं आवत। हमनी सब बूढ़ भऽ गेली, लेकिन मरद-मानुष से बात करे में शरम आवऽ हौ। एहनी के तो बुझाते न हौ। गरदन पर चढ़े लागी बेहाल रहत।"

हथेली को हवा में नचाकर मुँह पर रख दिया मोगिया ने। पुनः हथेली को सामने रख बार-बार पीछे की ओर पलटते हुए इशारा किया। बात समझ में नहीं आई कि महिलाओं को क्या इशारा कर रही है। बच्ची लिये महिला मेरी प्रतिक्रिया का इंतजार कर रही थी। बच्ची बार-बार उसकी गोद से उछलने का प्रयास कर रही थी। उसे सँभालने के क्रम में बाईं ओर ललाट के समीप पल्लू थामे हाथ बच्ची के सिर से हट गया और फागुनी हवा के एक झोंके ने सिर से साड़ी उड़ा दी। शरमाकर पीछे हटी और सिर पर आँचल खींच लिया। बच्ची को अच्छी तरह सँभालकर गरदन से सटाया। शरीर दाएँ-बाएँ झुलाते हुए मुँह से लोरी जैसी मद्धिम आवाज निकालने लगी। अभी लोगों की नजर उससे हटी भी नहीं थी कि मुखर होकर मुगिया को निशाना बनाया।

"तू लूटो चाची! हम जा हे। तोके हर बात मजाक सूझत। कोई अपन काम खतिरा बतिआवत, तो तू चुप नाहीं रह सकत। अरे, एतना देर से सब लोग बतियावत हौ, तो हमका कवनो दिक्कत नाहीं भेल। दो मिनट कुछ पूछ ले पर काँव-काँव। हम तो अपने, कोई का बीच नाहीं बोलत।"

मुगिया के प्रति नाराजगी जताते हुए चबूतरे के अंतिम छोर पर मुँह घुमाकर जा बैठी।

"सुनो, अपने पति से कहना कि बी.पी.एल. सूची में नाम चेक करा लें। उसके बाद आँगनबाड़ी केंद्र के माध्यम से बच्ची का जन्म प्रमाण-पत्र बनवाकर सेविका को दे दो। वह बच्ची के नाम से यू.टी.आई. का सर्टिफिकेट बनवा देगी। नगद नहीं मिलेगा। उस सर्टिफिकेट को अच्छी तरह रख देना। बच्ची की उम्र 18 साल पूरा होने पर परिपक्वता राशि मिलेगी। कल ही इस काम को करा लो, नहीं तो ज्यादा दिन बीतने के बाद जन्म प्रमाण-पत्र बनवाने में बहुत परेशानी होगी। दौड़-धूप के साथ खर्च भी बढ़ जाता है। बच्चा पैदा होने के साथ ही बनवाने पर पैसा नहीं लगता, केवल आवेदन लगता है।"

"18 साल बाद केतना मिलत साहेब, शादी के पहिले मिलत कि बाद में?"

आँखों की पुतलियाँ मेरे और उस महिला के बीच समान रूप से नचाते हुए मुगिया ने प्रश्न किया।

थोड़ी देर पहले इन्हीं लोगों का कहना कि यहाँ के लोगों को केवल मुफ्त का पैसा चाहिए, वाली बात जेहन में कौंध गई। किसी महिला-पुरुष ने 'कन्या सुरक्षा योजना' एवं जन्म प्रमाण-पत्र बनाने की प्रक्रिया अथवा इसके लाभ के संदर्भ में नहीं पूछा। सीधे आ गए लाभ पर। एक सेमिनार की चर्चा याद आई, जिसमें कहा गया था कि भारत में किसी योजना के कार्यान्वयन नहीं होने का प्रमुख कारण जानकारी, समझदारी एवं भागीदारी का क्रमबद्ध सामंजस्य नहीं होना है। यहाँ योजनाएँ ला दी जाती हैं, लेकिन उसके प्रति जानकारी और समझदारी का आकलन नहीं किया जाता। किसी भी योजना के लिए

पहले जानकारी चाहिए। उसके बाद यह तय होना चाहिए कि लाभार्थी वर्ग को इस संदर्भ में समझदारी हुई अथवा नहीं। समझदारी नहीं होने पर अपेक्षित भागीदारी संभव नहीं। माइक, शामियाना और नाश्ते के साथ योजनाओं के क्रियान्वयन की सफलता की उम्मीद उद्घाटन स्थल पर उमड़ी भीड़ से संभव नहीं। किसी कार्यक्रम के दरमियान सैद्धांतिक जानकारी से समझदारी आ जाए, मुश्किल है, अगर समझदारी नहीं होगी तो भागीदारी सुनिश्चित होना सदैव संदेह के दायरे में होगा। आज देश में सैकड़ों लाभकारी तथा शौचालय निर्माण जैसी महत्त्वपूर्ण योजनाओं के क्रम में शायद यही सिद्धांत काम कर रहा है, जिसके लिए करोड़ों की राशि पड़ी हुई है।

मुगिया की ओर इशारा करते हुए बताया—

"शादी के दरम्यान पैसा मिलेगा, ताकि आप बच्ची की शादी में इसका उपयोग कर सकें। कितना मिलेगा, यह उस समय यू.टी.आई. की क्या दर है, इस पर निर्भर करेगा। आप लोग मानकर चलिए कि 15 से 20 हजार के बीच मिलेगा, लेकिन इस बात का ध्यान रखिए कि जितना जल्द हो सके, सभी बी.पी.एल. परिवार के लोग अपनी बच्चियों का जन्म प्रमाण-पत्र बनवाकर यू.टी.आई. का सर्टिफिकेट ले लीजिए। इसमें आप लोगों का कोई खर्च नहीं लगेगा, खासकर आप ही लोगों जैसे गरीब परिवारों के लिए मुख्यमंत्री नीतीश कुमार ने ऐसी अनेक योजनाएँ शुरू की हैं। हाँ, ध्यान सिर्फ यह रखना होगा कि बच्ची पैदा होने के साथ ही उसका जन्म प्रमाण-पत्र बन जाए, फिर तो आँगनबाड़ी केंद्र की सेविका स्वयं सबकुछ करा देगी।"

"नाहीं-नाहीं साहेब, ऊ नाहीं सुनत हौ। हम तो अपन नतिया (बेटा का बेटा यानी पोता। ये पोता को नाती बोलीं) के जन्म के दस दिन भितरा ही गेल हल लेकिन कवनो नाहीं सुनी। न सेविकावा न सहिकवे। दो-तीन दिन गेले के बाद छोड़ देली। मिहनत-मजदूरी छोड़ कते दिन दौड़त? कोई सुनेवाला हौ थोड़े।"

मुगिया के पास गंदी चादर में सिमटी एक महिला बोली।

"क्या बोली सेविका और सहायिका? वे लोग जन्म प्रमाण-पत्र बनाने से इनकार कर दिए?"

"नाहीं साहेब, टाल-बेटाल करो हऽ। हम तो सोचली कि बनले पर पच्चीस-पचास रुपया ओके दे भी देब, लेकिन नाहीं बनलख। थक-हार के छोड़ देली।"

"यदि वह जन्म प्रमाण-पत्र नहीं बनवाती, आप लोग अपने वार्ड कमिश्नर को आवेदन देकर बनवा लीजिए। जन्म प्रमाण-पत्र बहुत जरूरी है। आनेवाले समय में बिना जन्म प्रमाण-पत्र के कुछ भी नहीं होगा। एक बार बनवा लीजिए, जिंदगी भर चलेगा।"

"साहेब, औरत जात कहाँ-कहाँ दौड़त? टोला के मरद लोगन को तो कोई मतलबै नाहीं हौ। दोसरे टोलवा के सब बूढ़ और विधवा-विकलांग का पेंशन बन गवा, लेकिन इहाँ का कोई माई-बाप नाहीं।"

"आपके टोले में कोई ऐसी भी विधवा अथवा विकलांग है, जिसकी सामाजिक सुरक्षा पेंशन नहीं बनी है।"

"हाँ साहेब, कई ठो है। सबका बन जात का?"

"बिल्कुल"

"कैसे साहेब, का करे के परत? बी.पी.एल. या और कोई कागज माँगत?"

गणेश ने उठकर बैठते हुए पूछा।

"नहीं, इसमें बी.पी.एल. सूची में नाम रहना जरूरी नहीं है। 18 साल से 60 साल तक की विधवा को 'लक्ष्मीबाई पेंशन योजना' और शिशु से जवान विकलांग तक 'निःशक्त पेंशन योजना' सरकार ने शुरू की है। गोद में के विकलांग बच्चे को भी सरकार पेंशन दे रही है। अब कोई भी विधवा या विकलांग बिना पेंशन के नहीं रहेंगे।"

"क्या करना होगा साहेब!"

"उसका आवेदन भरवा दीजिए। विधवा महिला का पहचान-पत्र के साथ आय प्रमाण-पत्र और विकलांग बच्चे या जवान के लिए पहचान-पत्र के साथ विकलांगता प्रमाण-पत्र चाहिए। यह प्रखंडों के प्राथमिक स्वास्थ्य केंद्र और जिला मुख्यालय के सदर अस्पताल में जाँच के बाद मिलता है। प्रखंड

और सदर अस्पताल में प्रत्येक महीना विकलांगता जाँच शिविर लगता है।"

"भरलऽऽऽ सभा में, द्रोपदी पुकारे ए रामा आ···, धावऽ कृष्णा,
चिरवा खींचेला दुशासन, ए रामा आ आ, धावऽ कृष्णा।"

चबूतरे से करीब तीस गज की दूरी पर तेज आवाज में चइता गाते आ रहे जगत मुसहर पर एकाएक सबकी नजर पड़ी। एक हाथ में सुलगती बीड़ी, दूसरे हाथ से गमछे में बँधा सामान पकड़े लड़खड़ाते पाँव आ रहा था जगत मुसहर। दूर से ही तेज आवाज में अभिवादन किया।

"सलाम साहेब!"

असंतुलित हो रहे शरीर को संतुलित करते धीरे-धीरे नजदीक पहुँच गया।

"का साहेब, बहुते दिन पर? गरीबों पर थोड़ा ध्यान देवे का जरूरत हौ। जानत हौ साहेब, सब टोला में बहुत कुछ मिलत हौ, लेकिन हियाँ तो कुछ नाहीं मिलत। राशन-किरासन और पेंशन, सब हियाँ बंद हौ। नेतवा सब वोट के बखत टोला में दिखत। बाद में झाँकियों मारे नजर नाहीं आवत। हमर पेंशन बनवा दौ हुजूर।"

बोलते-बोलते चबूतरे के समीप आ गया। मुगिया की ओर बढ़कर उसे खिसकने का इशारा किया, लेकिन मुगिया डपट दी।

"न दूर होत। भक-भक मुँह महकत। लाज-शरम घोर के पी गेल हौ। साहेब के सामने बैठ के तू अटर-पटर बोलत और लोग तोरे गीत सुनत। तोके मारेवाला कोई न हौ, नाहीं तो दो-चार लाठी में तोर निशा फट जइते। जा हले कि न इहाँ से। दिन-रात दारुए में डुबल रहत।"

"ओह, साहेब! हम कुछ बोलत हौ, जे ई मउगी बकर-बकर करत हे। हमका नशा नाहीं भेल हौ। आपे बताउ, हम पियक्कड़ बुझात हौ। यहनी सब बेमतलब हमके धर-मार केले हौ। अतने जन चबूतरा पर बैठल हौ और एक हमका बइठे लागी जगह नाहीं हौ? अरे, साहब का सामने हम एक शबद अटर-पटर बोलत तो कोई कहत। ई मुगिया भौजी तो हमरे पीछे पड़ल रहत। एक दिन कुछ खिलावत-पिलावत नाहीं, लेकिन हमका दूर-मार

करे में आगे-आगे। हम तो एका बहुत इज्जत करत हौ, लेकिन ई हमका दुश्मन से कम नाहीं जानत। हमर औरतिया एके कुछ सिखा-पढ़ा देले हौ। बस किधरो से आवत, हमरे ऊपर कुकुर के नाई पड़ जात। साहेब, एके हम कुछ बोल नाहीं पावत और ई हमका बेमतलब किलास लगावत। कबो मूड खराब होत तो···।"

"तू हियाँ से जैते कि नाहीं। तू दिखैबे अपन मूड। हम देखूँ तोरे मूड के हाल। अभी ठीक करा देते तोरे मूड। नवहियन का इशारा देत तो तोरे निशा मिंटों न लागत कि फाड़ देत। इहाँ पियक्कड़ खतिरा जगह नाहीं हौ। हट, हट। घर में भूजा-भाँग नाहीं, बीबी पादे बतासा। बाल-बच्चा के कुछ नाहीं सोचत और लाट साहेब बनके घूमत हौ। लाज-शरम तो एका कोई अंग मा हौ नाहीं।"

मुगिया ने जगत को बैठने की जगह नहीं दी। अलबत्ता पैर के पंजे चबूतरे पर रगड़ते हुए वहाँ से हटने के लिए बाध्य कर दिया।

"हम जात हौ। तोहनी सबका हम भारी भेल हौ। कवनो नाहीं चाहत कि हमर कोई काम होत। साहेब, आपे देखू। हम कवनो का कुछ नाहीं बोलत, फिर ई सब काहे हमका देख के जरत हौ। आप तनिका ध्यान देत तो हमरा पेंशन बन जात। अब काम नाहीं होत हौ। तबीयत खराब रहत।"

"हूँ। साहेब, इनका पर ध्यान दीजिए। साले···फागुन में दारू पीके चइत गावऽ हे। इन्हकी महतारी के···। दिन-पर-दिन लड़िके भेल जात हौ। घर में मुसरी दंड करऽ हे और ई बाहर लाट साहेब बन के घुमऽ हे। यहनी से लाजो, लजा जइते। पहिले कोई शराब पीके आवत तो पूरा टोला मार-मार कके ओके बेइज्जत कर देत। आज तो इन्हन के कोई बोलेवाला नाहीं हौ। देखत नाहीं हौ साहेब, माई चो···फागुन में कईसे लहरा के चइत गावऽ हे। लागत कि बड़के गवैया भेल हौ। चइत के गोल में बईठले पर बोली न निकलत और गली में अपन महतारी के चइत सुनावत हे। अरे, एका बहुत पाप पड़त। चैत महीना के पहले चइत नाहीं गावल जात हौ। एका कुछ नहीं बुझात हौ साहेब। का जमाना आ गेल। कवनो नियम-कानून नाहीं।"

बगल में काफी देर से बैठे लगभग 55 वर्षीय साधु मुसहर बिफर पड़े।

संभवत: नियम-कानून से यहाँ उनका तात्पर्य फागुन के महीने में चइता गाने से था, जिसे वे अपशकुन मान रहे होंगे। वे काफी झुँझला गए थे। तभी बार-बार गाली भी दे रहे थे।

"काका, फगुनहट में मिजाज नहीं बनत तो कब बनत? फागुने तो एक महीना हौ, जवने में सब बउरा जात। बूढ़ से जवान तक। मरद-औरत सब। एह महीना में कवनो के टोके का न चाहत। सब मिलके राज भोगे। सुने नाहीं हौ का, 'भर फागुन बुढ़वा देवरऽ लागे'। काका, मन होखे तऽ बोलऽ नऽ।"

अपने दाहिने हाथ के अँगूठे और तर्जनी से गोल शेप बनाकर जगत ने कमर से ऊपर शरीर हिलाते हुए कहा।

"चुप सा…। तोरे बहुत पाप पड़ी। भाग चुपचाप हियाँ से नाहीं तो…।"

"काका, तू तो बिना मतलब नाराज होत और पाप-पुन के बात करत हौ। फागुन में सब माफ।"

"पिया परदेशिया, देवर घरवा लइका ए रामा…
केकरा से, कहब दिलवा के बतिया, ए रामा केकरा से।"

बीड़ीवाला हाथ सिर पर और गमछेवाले हाथ को कमर पर रखकर जगत ने दूसरा चइता गाया। इस बीच उसके मुँह, नाक और भौंह का तालमेल देखते ही बनता था। कमर को नचा-नचाकर चइता गा रहा था।

"तू मनबे कि नाई रे सरवा। उठले के बाद सोटवस देत कि ठंडा जेते। सार के समझ नाहीं आवत। कहीं फागुन में चइता का गीत गवल जात हौ? साला पापी हौ, पापी। एक तो दिन-रात दारू पीके बाल-बच्चा का पाप बटोरत और दूसरे फागुन में चइता गावत हौ। एह सार के नरको में जगह नाहीं मिलत।"

मुगिया समेत कई लोगों ने हाथ के इशारे से जगत् को वहाँ से हटने का संकेत दिया। जगत चबूतरे से थोड़ी दूर हटकर खड़ा हो गया। बीड़ी का कश खींचा, लेकिन उसकी ओर किसी ने ध्यान नहीं दिया।

"जानत हौ साहेब! चैत महीना से पहले चइता गवले से पाप पड़त हौ। आपे बतावे, कहीं दोसरे महीना में चइता का गवनई सुनात हौ? आखिर कवनो चीज का नियम-कानून बनल हौ तो कुछ सोच-समझ के न? एह

सब लौंडन को का बुझात।"

साधु मुसहर ने कहा। बहुत देर की चुप्पी के बाद कुछ और बोलना चाहते थे, सो नजरें उन पर टिकाकर बोलने के लिए प्रेरित किया।

"हाँ, यह तो है। आप ठीक कह रहे हैं।"

कुछ बोलने के लिए उकसाया उन्हें।

"जानत हौ साहेब! एका पीछे एक सच कहावत हौ। एक गाय गड़हा के कीचड़ में फस गेल। केतनो जतन (प्रयास) के बाद, जब ऊ गड़हा से नहीं निकसी तो सोची कि चैत महीना में जब गड़हे का पानी सुखत तो निकल जयते। ऊ गाय चैत का इंतजार करत कीचड़ में भगवान् कऽ नाम लेत परल रहल। ओके भरोसा हल कि गड़हा का पानी तो चैत महीना में सुखीये जात। कुछ दिन बाद एक आदमी बधारी में चइता गा दिया। गाय को धक् से लगा। बेचारी सोची, चैत आ गया और गड़हा का पानी नहीं सूखा। अब हम गड़हा से कभी नाहीं निकसेंगे। ई हदसे (चिंता) ऊ गाय मर गेल। वाही समय से चैत के पहिले चइता गावेवाला को गाय मारे का पाप पड़त हौ। ई सच घटनवा हौ साहेब! तबै तो दुनिया में डरे कोई अनदिना (सामान्य दिनों में) चइता नाहीं गावत। सब चीज टाइम पर ठीक लागत हौ। चैत में चइता, फागुन में फगुआ और सावन में कजरी।"

साधु मुसहर ने बड़े ही विश्वास के साथ इस किंवदंती को खड़ी हिंदी के साथ मगही और भोजपुरी का मिश्रण करते हुए सुनाया। प्रसंग की प्रामाणिकता चाहे जो भी हो, लेकिन साधु मुसहर की बात पर समयोचित परंपरागत गायन व पर्व-त्योहार के महत्त्व पर अचानक गंभीर हो गया। वे इस मुसहर टोले में एकमात्र ऐसे पुरुष हैं, जो मांस और शराब को कभी हाथ नहीं लगाते। शरीर पर गेरुआ कुरता और गरदन में कंठी माला। ताज्जुब इस बात पर कि मीट-मांस खानेवाले सवर्णों के घर खाने और काम करने से भी एक हद तक साधु मुसहर परहेज करते हैं। पूजा-पाठ नियमित रूप से तो नहीं कर पाते, लेकिन कबीरपंथी प्रवचन में रविवार को जरूर जाते। कई बार परिवार के लोगों से भी शराब और मांस नहीं खाने की बात करते। लड़का जब कहता है कि 'अभी हम लोगों की उम्र सबकुछ खाने की है, आपकी उम्र के

होंगे तो छोड़ देंगे।' कभी-कभी पंचायत में भी जाते। किंवदंतियों का पिटारा रखते हैं। सबके साथ तर्क भी। मोहल्ले के साथ दूसरे टोले एवं रिश्तेदार भी इनकी इज्जत करते। कहते हैं कि साधु मुसहर तो साधुए हैं। पता नहीं साधु नाम जन्म के साथ माता-पिता से विरासत में मिला या बाद में किसी ने रख दिया। जो भी हो, उनका आचरण मुसहर टोली में रहकर भी साधुवाला ही है। न किसी की शिकायत, न किसी गलत काम को प्रोत्साहन। बहू उनका मनोबल बढ़ाती रहती है।

"आप लोग एक बात बताइए। यहाँ के लोग रिक्शा-ठेला या दुकान आदि का रोजगार क्यों नहीं करते, केवल मजदूरी ही क्यों करते हैं?"

टोले में अपेक्षाकृत समझदार साधु और गणेश मुसहर की ओर मुखातिब होते हुए पूछा।

"जानते हैं साहेब, बहुत समस्या है। एक तो मुसहर जाति को दुकान-दौरी नहीं करने आता। चाय-पान की दुकान कर दे तो सब जतिया के लोग दुकान पर आएगा भी नहीं। राजपूत-बाभन को छोड़िए न, अहिर, कोइर, कुर्मी और चमार-दुसाध लोग भी हमन का हाथ का हरसठे कुछ नहीं खाता है। बड़का तो बड़का पिछड़ा और हरिजन भी नहीं चाहता है कि हमर जात बढ़े। हम हरिजन हॉस्टल में रहते थे। चमार और दुसाध जाति के लोग हमको छोट समझता। आपको ई जानकारी नहीं होगी कि हरिजन हॉस्टल में भी अलग-अलग जाति का अलग-अलग कमरा हौ। सब जाति का लड़का अपन-अपन गुट बना के रहत। बताइए, सरकार तो सभी अनुसूचित जाति के लिए हॉस्टल बनवाई है। फिर वहाँ अलग-अलग गुट और चौका काहे का, अनुसूचित जाति का कवनो बड़का नेता अपनी जाति के गरीबन को लगाता है क्या? शादी-बिवाह दोसरे जाति में करता और उठक-बैठक भी दोसरे जाति के साथ। आप ही बताइए, अपने जाति-बिरादरी में शादी-बिवाह करेगा, तब न उसके हित-नाता को उसके पद और पावर का लाभ मिलेगा। एक भी हरिजन नेता को बताइए, जो बड़ा होने के बाद अपने लोगों से आमदरफ रखता हो। हाँ, वोट के समय मुसहर टोली और चमार टोली में जरूर बउआता है, वह

भी दिखाने के लिए। चंदवा चमार टोली के जगजीवन राम थे। उनकी बेटी मीरा दीदी भी हैं। अपनी जाति में कहाँ शादी की? वह तो पिछड़ी जाति कोइर से विवाह की और बनी रही चमार। चंदवा के मुसहर टोली और चमार टोली को जाके देखिए। एक भी इंदिरा आवास पूरा नहीं। आजादी के एतने दिन बाद वोते बड़ मुसहर टोली में एक ग्रेजुवेट नाहीं मिलत। वहाँ का गली-नाली आज तक पक्का हुआ? शिक्षा, रोजगार, पानी और शौचालय की व्यवस्था आज तक नहीं हुई। दोनों बाप-बेटी मिलकर एक टोला को बढ़िया नहीं बना सकते थे? वे लोग चाहते तो चंदवा चमक जाता। जगजीवन बाबू को जिंदगी भर गाँव और जाति-मौआ याद नहीं आया, मरने के बाद समाधि बना चंदवा में। हम तो सुने थे कि मीरा दीदी हरिजन विभाग (सामाजिक न्याय एवं अधिकारिता) की मंत्री भी थीं। चाहती तो गाँव-जवार को चमका देतीं, लेकिन उनको अब चंदवा से का मतलब? साल में एक दिन आके जगजीवन बाबू की समाधि पर धमा-चौकड़ी मचवा जाती हैं। उनका अपनी जाति और गरीब जनता के लिए फर्ज नहीं बनता, अपने सुरक्षित सीट से चुनाव लड़ लेती, हो गया जाति से प्रेम?"

गणेश पहली बार अपने समाज के नेताओं से इतना खफा दिखे। पूरी तरह वक्ता का पदभार सँभाले हुए थे।

"हम तो सुने थे कि जेल में अलग-अलग जाति का चौका रहता है। वहाँ सतमेजरा जाति का लोग रहता है। कोई काम-धाम भी नहीं रहता। दिनभर खाना खाओ, बनाओ और हवा में गोली चलाओ। शहर के अनुसूचित जाति छात्रावास में मेरे एक रिश्तेदार के लड़का को कई महीना बेड नहीं मिला, जबकि बेड खाली था। उस छात्रावास में दुसाध और चमार जाति का दबदबा है। जब हम पढ़ते थे तो ई सब नहीं था। अब तो बहुते समस्या हौ साहेब! आप नहीं जानते, भीतरी बात। हाथी का दाँत देखे का अलग और खाये का अलग होत है। बाहर का लोग समझत कि छोट जतिया आपस में एक हौ। अरे, भीतर एतना घमासान, कि मत पूछिए। हम सबको अभी अपने-पराए, सरकार और समाज कई मोरचा पर लड़ना पड़ेगा। आर्थिक, सामाजिक और

राजनीतिक, सभी जगह हम सब छोटे माने जाते हैं। इसमें कुछ हमरे जाति का तो कुछ समाज का और ज्यादा तो सरकार का दोष है। हरिजन कभी भी नहीं बढ़ेगा, क्योंकि उसके दुश्मन उसके घर से लेकर बाहर तक भरे हैं। सदियों से दबे हैं और अभी सदियों तक दबे रहेंगे हरिजन।"

"अब हरिजन शब्द नहीं बोला जाता, अनुसूचित जाति बोला जाता है। यह बात जानते हैं कि नहीं?"

"छोड़िए साहेब, नाक सीधे धरिये या पीछे से घुमाकर। पकड़ना तो नाक ही है। इससे न तो हाथ का भैलु घटे-बढ़ेगा, न नाक का। दोनों अपने ही जगह रहेंगे। हरिजन बोलिए या गिरिजन। गरीब का कवनो विकास होनेवाला नहीं है। गरीब तो गरीब है। हमरे साथ सीमेंट गोदाम में एक बाबू साहेब काम करते हैं। कहते हैं कि गाँव के रजपूतवा उनको छोटा समझता है सब। गाँववाला कहता है कि राजपूत होके मजदूरी करता है। उनके बेटा-बेटी की शादी में अड़चन आएगा कि नहीं? बोलिए न चोरी-डकैती से तो अच्छा है मजदूरी करना। फिर उनको सम्मान की जगह अपमान क्यों मिलता है? बेचारे बहुत दुःखी रहते हैं। हमसे घंटों बतियाते हैं अपना दुःख-सुख। कहते हैं कि बाल-बच्चा का तकलीफ नहीं देखा गया, तो मजदूरी शुरू कर दिए। गाँव में शिकायत के डर से शहर में मजदूरी करते हैं, लेकिन लोग हैं कि पीछे पड़े हैं। जिला के हजारों लोग सूरत और पंजाब जाकर क्या करते हैं? मजदूरी नहीं तो लाट साहेबी करते हैं क्या? साहेब, अबरा का मउगी, सबका भौजीवाली कहावत हौ। गरीब तो गरीबे हौ, चाहे बाभन हो या बनिया। का साधु भैया गलत बोलत हो तो बोलाऽ।"

साधु मुसहर ने सिर्फ इनकार में सिर हिलाते हुए सहमति जताई। पूरी रौ में आ गए थे गणेश मुसहर।

"हम भी अखबार पढ़ते हैं साहेब! आपे बताएँ, छोट जाति के किसी लड़का-लड़की के साथ कोई घटना होती है, तो छपता है, दलित छात्र-छात्रा के साथ अमुक घटना। बढ़िया कर जाता है तो अमुक दलित छात्र इंजीनियर, डॉक्टर और कलेक्टर बना। इसकी क्या जरूरत? सब तो आदमी ही हैं। ऊपर से पहचान का लबादा ओढ़ावे का जरूरत क्या है? दुःख तो इस बात

का है कि हम लोगों की जाति का जो लोग धनी–मानी हो जाते, उनका भी साथ–संगत बदल जाती। वे बड़ी जाति के लोगों के साथ रहने लगते और घमंड से कहते कि राजपूत–बाभन के साथ दोस्ती है। उनके घर शादी–विवाह, मरनी–जीअनी में वही लोग दिखाई देते। जगजीवन बाबू के समारोह में चंदवा की चमार जाति का कितना लोग रहता है। सब केवल बड़का–बड़का। जाति और गरीबी मिटनेवाला है? छोड़िए यह सब, बहुत कष्ट होता है।"

अचानक गणेश की दृष्टि नीम के तने पर टिक गई, जिस पर अलग–अलग दिशाओं से आकर पनाह लेते पक्षी एक–दूसरे से चोंच मिलाकर अपने गंतव्य की ओर प्रस्थान कर जा रहे थे। गणेश ने गमछे से अपना मुँह पोंछा, लगा कि उन्हें पसीने का भान हुआ। उन्होंने गंभीर माहौल को हल्का करने का प्रयास शुरू किया। उकड़ूँ से पसर गए।

"आप लोग दुकान करने में संकोच करते हैं, लेकिन रिक्शा–ठेला तो चला सकते हैं। दिन भर की मजदूरी से दो सौ कमाते हैं। कभी–कभी मजदूरी नहीं मिलने पर बैठना पड़ता है, लेकिन रिक्शा–ठेला से तो अच्छी कमाई है। रोज की आमदनी है। मेहनत भी अपेक्षाकृत कम है।"

"रिक्शा के लिए बारह हजार और ठेला के लिए सात हजार रुपया कहाँ से आएगा? यह बड़ी समस्या है। मजदूरी तो कोई कर लेगा, लेकिन रिक्शा–ठेला के लिए पैसा जुटाना पड़ेगा। गरीब भोजन का जोगाड़ करेगा कि रिक्शा खरीदेगा?" गणेश ने जवाब दिया।

"बैंक से लोन लेकर रिक्शा–ठेला खरीदा जा सकता है। बैंक तो लोन देता है। सरकार की योजना में तो आधा माफ हो जाता है। बैंक की एक योजना है डी.आर.आई.। इसके तहत पंद्रह हजार से कम ऋण पर मात्र चार प्रतिशत सालाना सिंपल ब्याज लगता है।"

"अरे साहेब, हम लोग सब करके थक गए हैं। सुनिएगा तो दंग रह जाइएगा। अपन हारल और मेहरी का मारल केसे कहल जात।"

"क्या? बताइए।"

"तीन–चार साल हुआ। इस टोला के आठ लोग फार्म भरे थे। बैंकवाला बोला कि रिक्शा–ठेला का कोटेशन लाइए। कल्याण विभाग से अनुदान

मिलने के बाद ही पैसा देंगे। दुकानदार के दलाल कुछ बढ़ाकर कोटेशन दे दिया। बैंकवाला जब कल्याण विभाग को कोटेशन भेजा तो डी.डी.सी. भड़क गए और टाउन थाना में एफ.आई.आर. कर दिए कि गबन हो गया। बेचारा बैंक मैनेजर लोन क्या दे, पैसा-रुपया खर्च कर जान बचाया। दस दिन बाद हम लोग लोन के लिए गए तो बमक गया। कहा कि 'आप लोगों के कारण हम जेल भी जाते और नौकरी भी जाती। पागल अधिकारी गरीबों की मदद क्या करेगा, बिना रुपया की निकासी का ही केस कर दिया। इसीलिए तो अनुसूचित जाति के लिए आया दो करोड़ अनुदान लौट गया।' यह कहते हुए बैंक मैनेजर ने हाथ जोड़ लिया।" (यह सच्ची घटना है।)

"क्या हुआ था?"

"साहेब, रिक्शा का कोटेशन एक हजार अधिक दे दिया था। इसी पर डी.डी.सी. खिसियाकर एफ.आई.आर. कर दिए, लेकिन थाना में केस इसलिए नहीं चला कि रुपया निकला नहीं था। हम लोग भी रिक्शा-ठेला के लिए कान पकड़ लिये। टोला का दो-तीन लड़का किराया पर रिक्शा लेकर चलाता है। रोज मालिक को 25 रुपए देता है। बैंकवाला पहले बोला था कि आधा सरकार अनुदान दे देगी और बीस रुपए रोज जमा करने पर एक साल के भीतर रिक्शा आप लोगों का हो जाएगा, लेकिन का कहा जाए, यह रिक्शा लोन का मामला तो मझौआ ईख कांड हो गया।"

चेहरे पर थोड़ी मुसकराहट के साथ गणेश बोले।

"क्या हुआ था मझौआ ईख कांड?"

"वही, बिना बात का बतंगड़। मझौआ गाँव में एक बार गाँव के लोग ईख बोने के लिए पंचायत किए। निर्णय हुआ कि सभी लोग ईख बोएँ तो बरबादी कम होगी। पंचायत में कोई कहे कि पुरब बधार तो कोई बोले पश्चिम बधार में ईख की खेती होगी। तनातनी हो गई। फिर हुआ कि ईख पेराई मशीन उतर पोखरा के समीप लगेगी। किसी ने कहा कि आहर किनारे तो किसी ने कहा कि बगीचे में लगेगी। इसी बात को लेकर बाबू लोगों के बीच जबरदस्त झगड़ा हुआ और मर्डर हो गया। दो-दो लाश गिर गया। दरोगा गया जाँच में। पूछा कि झगड़े का कारण क्या है? लोग बताए कि ईख के लिए मर्डर

हुआ। दरोगा घटनास्थल ईख के खेत में चलने को कहा, तो गाँव के लोग बोले कि नहीं, ईख बुआईवाली बात दब गई थी। ईख पेराई मशीन को लेकर मर्डर हुआ। दरोगा बोला, ईख पेराई मशीन के पास ले चलिए। गाँव के लोग बोले कि 'अभी तो ईख बोया ही नहीं गया है और मशीन भी नहीं बैठा है।"

"तो फिर ईख के लिए झगड़ा क्यों?" दारोगा चिल्लाया।

"ईखवाला बधार के लिए तनातनी में मर्डर हो गया।" गाँव के लोग बोला।

"किस बधार में है ईख?" फिर चिल्लाया दारोगा।

"यही तो बात है। अभी बधार तय करने के लिए ही न पंचायत हो रही थी कि मर्डर हो गया।" ग्रामीण ने कहा।

"सा···गाँव भर चोनहरे है सबका रे। बिना कोई बात का दो मर्डर?"

दारोगा पूरे गाँव को गरियाने लगा।

"उसी समय से उस गाँव के नाम के पहले 'चोनहर' लग गया। साहेब, रिक्शा लोन में भी यही हाल हुआ। लोन दिया नहीं और बैंकवाला पर गबन का केस हो गया। हम लोगों को भी गवाही में थाना पर बुलाया गया था। जमादार सहेबवा डी.डी.सी. को गलिया रहा था। बोल रहा था कि ऐसा पदाधिकारी को मारो बीस जूता और गिनो दो जूता।" पूरी रौ में गणेश ने बताया।

बैठने की जगह नहीं मिलने पर जगत चबूतरे का अर्द्ध परिक्रमा कर एक बच्चे की सीध में खड़ा हो गया था। फिर उसी से मुखातिब हो बात करने लगा।

"चल रे धतूरा, तोहसे कवन बतियावत, जे टुकुर-टुकुर ताकऽ हे। इहाँ हम्मर और तोर भेलू न हौ। दोसरे मुहल्लवा में हमका बुला-बुला के चाह-पानी करावत। चलो कवनो बात नाहीं, लेकिन ई साधु काका और मुगिया मौसी बहुत बनत हौ। ई सब अपने के बुझत का हौ? जहाँ हम बैठ जात, लोग भीड़ लगा देत। हम कवनो का कभी खात नाहीं, खिलावत हौ। तोर जगत चाचा का बहुते नाम हौ बेटा! बाई··· ई, बाई···ई साहेब!"

एक हाथ हवा में हिलाकर लड़खड़ाती जुबान से अभिवादन करते हुए

जगत चबूतरे से करीब पंद्रह-बीस मीटर की दूरी पर खड़े एक ठेले पर बैठ गया, साथ में उस लड़के धतूरा को भी लेता गया। वह उसका भतीजा था।

कम उम्र में ही पिता को गँवा चुका धतूरा कई मामलों में मुसहर टोली में सबसे आगे है। बमुश्किल चौदह पार कर रहे धतूरा के घर में सबकुछ ठीक-ठाक चलता है। पूरे मोहल्ले के लोग उसके घर के सामान और सुविधा का उदाहरण देते हैं। विधवा का लड़का, उम्र चौदह-पंद्रह और मोहल्ले का सबसे धनी। बैंक में माँ के साथ खाता खोला है। अपने मन से भी माँ पैसे निकालकर बेटियों का सामान खरीद देती हैं। माँ चाहे जो खर्च कर दे, मुँह नहीं खोलता धतूरा। कम उम्र के बावजूद पूरे मोहल्ले में कमानेवालों के बीच का आदर्श। महिलाएँ कहती हैं, "बेटा और सवांग हो तो धतूरा की नाई।" वह शहर की खूब चलनेवाली जायसवाल किराना की दुकान पर काम करता है। बड़ी बहन की शादी हो गई है। उससे छोटी मोहल्ले की लड़कियों के साथ कभी-कभी कूड़ा चुनने तो कभी स्कूल चली जाती है। सबसे छोटी प्रतिदिन स्कूल जाती है। अपने वर्ग की सबसे तेज लड़की है। धतूरा ने माँ को कूड़ा बीनने से मना कर दिया है। दिन भर घर में रहती। कभी-कभार चबूतरे पर अथवा किसी के घर बैठकर मन बहला लेती है। समय के साथ समझौते का बेहतर तालमेल।

मोहल्ले के लोग बताते हैं, चार-पाँच साल पहले वह कूड़ा चुनने के क्रम में अकसर एक दुकान के सामने बने प्लेटफॉर्म पर बैठ जाता था। एक सुबह वह दुकान की सफाई के क्रम में निकलनेवाले कार्टून का इंतजार कर रहा था कि बूढ़े दुकानदार का सामान ट्रक से आ गया। दुकान पर न उसका बेटा, न कोई मजदूर। दुकान में काम करनेवाले तीन-चार लड़कों के आने में अभी दो घंटे की देरी थी। ट्रक का ड्राइवर चिल्लाने लगा, "पंद्रह मिनट में अपना सामान खाली करो सेठ! नहीं तो हम दूसरे की दुकान पर सामान गिराने चला जाएगा। एक घंटा में शहर बंदीवाला कोहराम मचा देगा सब। फिर गाड़ी कहाँ रखेंगे? साला रोज-रोज शहरबंदी। गरीब आदमी कैसे जिएगा? जल्दी करो सेठजी!"

सेठ की निगाहें बगल में बैठे धतूरा से टकराई।

"ऐ लड़का, थोड़ी मदद कर दो। पाँच रुपया दे दूँगा। दस-पंद्रह ठो

पैकेट उतार दो। छोटा-छोटा है। दस मिनट भी नहीं लगेगा।"

एक साँस में बोल गया सेठ।

धतूरा कुछ नहीं बोला। अपने प्लास्टिक के खाली बोरे को एक रोड़े से दबाकर ट्रक के करीब आ गया। धतूरा पिछले कई माह से इसी दुकान के खाली डिब्बों और बेकार चीजों से अपने अभियान की शुरुआत करता था। कई बार चूहे का काटा हुआ बिस्कुट और एक्सपायरी नमकीन भी उसके हाथ लग गए थे। सेठ देर से दुकान आता था, सो उसने सेठ को कभी नहीं देखा था। देखते-ही-देखते पैंतीस पैकेट उतार दिए धतूरा ने। प्रारंभ से अंत तक एक बार भी जुबान नहीं खुली। ड्राइवर और सेठ के इशारे से तालमेल स्थापित कर घिरनी की तरह नाचता रहा। पैकेट की संख्या तब पता चली, जब ड्राइवर ने जोर देकर कहा—

"देख लो सेठ, पूरे पैंतीस हैं। ई खोंखा तो दस मिनट में झाड़ दिया।"

"क्या नाम है?" ड्राइवर ने पूछा।

"धतूरा।"

"ट्रक पर चलोगे?"

"नहीं।"

"क्यों?"

"घर में माँ-बहन हो।"

"क्या कमाते हो रोज?"

"चालीस-पचास।"

"लड़का बहुत तेज है सेठ। इसको अपनी दुकान में रख लो।"

ट्रक का डाला लगाते हुए ड्राइवर ने कहा।

"देखता है।"

कहते हुए सेठ चालान पर दस्तखत कर दुकान की ओर मुड़ गया। पाँच रुपए का सिक्का धतूरा की ओर बढ़ाया।

"लो, जो बोला दे रहा हूँ। बात हो गई, सो हो गई।"

"ना।"

धतूरा ने सिर हिलाया।

"क्यों, बोलो क्या लोगे? छोटा-छोटा पैकेट था। आखिर दस मिनट के लिए कितना चाहिए।"

सेठ ने गल्ले में हाथ लगाकर दस के नोट निकाले।

"चलो, ये लो"

"न-न साहेब, हम न लेत। आपे के दुकान से हमका रोज कचरा मिलत। ई हमका न चाही। दो-चार डब्बा उतार दियो, तो के भेल।"

दस-पंद्रह से पैंतीस और पैंतीस से दो-चार डिब्बे का जबरदस्त ग्राफिक उतार-चढ़ाव। सेठ को पहली बार एक बच्चे ने मात दी थी। भीतर से हिल गया।

"आओ इधर, चायवाले को दो चाय के लिए बोलकर आओ।"

"हम चाह नाहीं पिअत, आपे के खतिरा बोल कऽ आवत हौ।"

धतूरा चाय दुकानदार को सेठ का ऑर्डर देने मुड़ गया। सेठ दुकान में अपनी मालिकान कुरसी पर काबिज हो गया।

"हँ, साहिब चाह।"

दुकान के बाहर से ही चाय पकड़ाने का प्रयास किया।

"इधर से आओ।"

धतूरा चाय पकड़ाकर निकलने लगा तो सेठ ने रोका।

"सुनो! यहाँ से लेकर गोदाम तक के सभी खाली कार्टून बाहर निकाल लो।"

सेठ ने अपने पैर के नीचे पड़े खाली कार्टून से लेकर बड़े गोदाम तक हाथ का इशारा कर दिया। जीवन में पहली बार इतने कार्टून और खाली डिब्बे हाथ लगे थे। तीन बार कबाड़ी के यहाँ बेचने गया धतूरा। अंतिम बार खाली कार्टून बाहर रखकर पूछने आया।

"साहिब, जात हौ। एका साफ कर देत हौ।"

दुकान में झाड़ू लगाने का इशारा किया। सेठ हामी भरते हुए कुरसी से उठकर गोदाम की ओर खुलनेवाले दरवाजे पर खड़ा हो गया। चंद मिनटों में ही धतूरा ने दुकान की सफाई कर सभी सामान को सलीके से रख दिया।

"सुनो, दुकान पर काम करोगे?"

"का काम साहिब?"

"वही, जो तूने अभी किया।"

"रोज ट्रक से सामान उतारे के होत?"

"नहीं। दुकान और गोदाम में सामान इधर-उधर करना।" सेठ ने समझाया।

"बस! ई कौन काम हौ साहिब।"

धीरे-धीरे धतूरा सेठ का प्यारा हो गया। दुकान का ताला खोलकर सफाई करने से लेकर साथ बैंक जाने और देर शाम दुकान में ताला जड़ने तक सेठ के परिवार के साथ। आज पूरे टोले में सेठ की दरियादिली की चर्चा होती है। अब धतूरा टोले के लड़कों से कटा-कटा रहता है। पढ़ा-लिखा नहीं, लेकिन रहन-सहन और दो पैसे रखने के मामले में टोले का एकमात्र उदाहरण। साधु मुसहर ने जगत को वहाँ से हटने के लिए हाथ से इशारा किया। नशे में होने के बावजूद वह बिना कुछ बोले दोनों हाथों से अभिवादन करते हुए सरक लिया।

"पिंसिनवा का नहीं बताए साहेब, कंसा बऽ का होगा कि नहीं?"

मुगिया ने फरमाया।

"रोज आपसे बतियावे का चाहत हौ, लेकिन ई सबका अपने-अपने लगल रहत। ऊ आपसे बड़ी लजात हौ। लाजे बोलत नाहीं हौ। कहत कि उनके गाँव हमर ममहर हल। लड़िकाई में इनका गोबर-गोईठा अपन ममिया के साथे केले ही। ऊ साहेब हमें देखत, तो चिह्न (पहचान) जात। कंसा बऽ तो सौ-पचास खर्चा करे खतिरा भी तैयार हे। ए साहेब, ओका पिंसिनवा बनवा देउ। बड़ा पुन होत। पिंसिनवा ओके अलम (सहारा) हो जात। दू-दू बार फरम भरलख। एक बार तो सौखीनवा को पचास ठो रुपैया और दो फोटो भी देलख, लेकिन कहाँ कुछ भेल। एके साथे फरम भरी तेगवा बऽ का सुनते हैं पिंसिन हो गेल। बोलत हौ कि पिंसिन बुक बनावेला हल।"

अभी बात जारी ही थी कि बीच में टपकते हुए सरसतिया बोली।

"पूरा मोहल्ला का ठेका एही बुढ़िया के पास हौ। एके ई कर देई साहेब, ओके ऊ हो जात। अरे, पिंसिन तो अब हमका भी होखे के चाहत साहेब! हाथ

से काम नाहीं होत हौ। पखुरवा (कंधा), में बहुते दर्द रहत हौ। भारी काम कहाँ होत हौ हमसे। कोई सुनैवाला होत तब नऽ ? इहाँ तो सब अपने-अपने गावऽ हौ। अरे, कभी दोसरो के तऽ सुनै के चाहत।"

दोनों हाथ उठाकर इशर मुसहर बोलने लगे। उनकी उम्र करीब पचपन से साठ के बीच होगी।

"अरे! भागता इहाँ से कि बक-बक करता। तोहर रेडिओ शुरू होत, तो बंदे नाहीं होत। अभी तो जवान हौ। इनका पिंसिन चाहत। 'मुसमतिया रोअत तो एहवतिया चिल्लाए लगल' वाली कहावत हौ।"

इशर मुसहर के पेंशन के सवाल पर उनके हमउम्र रेखा मुसहर ने कहा।

"रोज पंद्रह-बीस रुपया के दारू पीए का पैसा हौ और अभी माँग दीजिए न कि समाजी पूजा का चंदा देओ, तो देवता पिछवाड़े नजर आवत। साहेब, अइसे लोग के चलते ही मुसहर टोली में समाजी पूजा धीरे-धीरे बंद हो जा हल। अपने सब पैसा उड़ावत, लेकिन समाजी पूजा में एक पैसा देवे के मन नाहीं हौ। चंदा के बखत सब रोअत।"

"समाजी पूजा कैसे होती है रेखाजी?"

उत्सुकता दिखाते हुए पूछा। साँवला चेहरा, मझोला कद, अधपकी दाढ़ी और सिर पर जटा। टोले में रोग-ब्याद और शादी-ब्याह में उनकी पूछ बढ़ जाती है। भूत भगाने में तो माहिर। पुराने-से-पुराने भूत को थोड़ा गुग्गुल और सींकवाली झाड़ू से कोसों दूर भगाने का दावा। मोहल्ले के लोगों का कहना है कि इनके झाड़ने पर भी अगर भूत नहीं गया और बीमारी बरकरार रही तो समझिए बड़ा पाप किया है। फिर भगवान् ही बचाएँगे। आदमी और डॉक्टर नहीं बचा पाएँगे। झाड़-फूँक के बाद 11 और 21 रुपए, जो समझ में आए, दे दीजिए। खाने का पूछें तो ठीक, नहीं पूछें तो भी ठीक। अपने को टोले का सर्वाधिक महत्त्वपूर्ण पूजेड़ी और व्यक्ति मानते हैं रेखा।

"साहेब, साल में एक या दो समाजी पूजा होत। छवना (सूअर का बच्चा) को देवता पर चढ़ावल जात हौ। पूजा-पाठ से टोला में रोग-ब्याद नाहीं होत। जब अपन देवता को कोई भूल जाए तो का होत? पूजा में छवना

के साथ बड़ सूअर भी मारल जात हौ। पूरे टोला के चंदा से खरीदाया सूअर का मांस सब परिवार के बीच बाँटी लगत (बँटवारा होना) हौ। पूजा में अगरबत्ती सकिल भी जलावल जात हौ। जे साल अच्छा से पूजा होत, पूरा टोला-मोहल्ला खुश रहत और रोग-ब्याद नाहीं होत।"

"आप ही सब कराते हैं क्या?"

"हाँ साहेब, करावत तो हमही, लेकिन बहुते झमेला हौ। भिखमंगा की नाई सबसे बेहरी (चंदा) माँगे के पड़त। कई दिन अपन काम-काज छोड़ै का पड़त। पूजा के दिन सब आगे-आगे चलत।"

"चलिए, सामाजिक कार्य में आगे बढ़नेवाले को तो परेशानी होती ही है। सब लोगों के पास समाज लेकर चलने की क्षमता नहीं होती।"

"छोड़िए ई बात, सब लोग अपन-अपन पूजा करे। कोई किसी का बात नाहीं मानत। चंदा और बाँटी लगावे में बहुत लफड़ा हौ। काहे परेशान रहत हौ? झूठो टोला-टोला रटत हौ। टोला के कवनो का फिकिरे नाहीं हौ, तू काहे चिल्लात फिरऽ हे?"

सीमेंट के बोरे से पतले प्लास्टिक के धागों को अलग करते हुए रेखा के बेटे मुनीब ने अपने पिता को नसीहत दी।

"हम कहत हैं साहेब कि जुग-जमाना बदलत जात हौ। सब लड़कन कान में रेडियो और फुलपैंट पहिन के लाट साहेब बनल हौ। बड़कन के नकल करत। अरे कोई के नकल से थोड़े अकल होत हौ। खाए का ठीके न नहाय के तड़का। हमर बाबू, बिना मतलब परेशान रहत। हम तो कहत हैं साहेब, कि जो ई सब लफड़ा में पड़त, उहे गलत हौ। अब केसे-केका संबंध हौ? कोई नाहीं एक-दूसर कऽ बात मानत। सब अपने-अपने मन का राजा हौ। साहेब, हमन के पीछे रहै का इहो एक कारण हौ। समाजी पूजा और करजा लेके भवधी (खान-पान के रिश्ता वाले) खिआवै के झंझट। अरे, पैसा नाहीं हौ तो हम शादी-बिआह में करजा लेके गोतिया-भवधी काहे खिअइबे? दोसर जात में कहीं समाजी पूजा होत हौ का? सरकार कछू कर देत, लेकिन ई समाज सुधरे में बहुत देर हौ। अभी कई पीढ़ी लागत। 'जैसा

खात अन्न, वैसा होत मन' वाली कहावत सच हौ। इहाँ तो दिन-रात कच्छ-मछ और आसी-बासी खाए का हौ तो बुद्धि कहाँ से अच्छा होत! न नहाय का ठीक, न खाए का।"

"चुप रहौ!"

रस्सी बुनते मुनीब लगातार बोल रहा था कि उसके पिता रेखा डपट दिए।

"कोई बात नाहीं बुझाता है, तो नाहीं बोलै कऽ चाही। जाकर देखो, दशहरा में कतने रुपया पानी जइसा बहत हौ। कहीं खस्सी चढ़त तो कहीं भैंसा कटत। माटी के मूरत (मूर्ति) और पेडाल (पंडाल) बनाके लाखों रुपया उड़ा देत। जेते रुपैया लुटावत, उते से कतने गरीब के भला हो जात। उहो तो एक समाजी पूजा हौ। जो अपन समाज भूल जात हौ, ऊ अनजात (विजात) हौ। जेके अपन जाति, जमात और धरम के चिंता नाहीं, ऊ कोई आदमी हौ।"

बेटे की ओर इशारा करते साधु मुसहर ने कहा—

"जाके देखो मंदिर में, बड़का-बड़का आदमी सुबहे से भीड़ लगा देत हौ। सुकवा (शुक्रवार) को सब मिया किरिया (कसम) धरा के मसजिद जात हौ। हियाँ मुसहर टोली से एको आदमी कभी पूजा-पाठ के लिए कहीं जात हौ? सब मुसहर टोलिये में दारू पीके गिरल रहत। सारे लोग रजपूतवा-बभना के देखत-देखत मर जात। कवनो पटियोवाला (पार्टी) पढ़े-लिखे का नाहीं कहत। बस, धरना-प्रदर्शन और वोट खतिरा आवत। अरे, अपन करम देखो। दोसर जतिया कैसे बढ़त, ई नाहीं सोचत, लेकिन ओके कोठा और गाड़ी देखके बेमतलब जरत रहत हौ। राम-राम के पहरे से हियाँ गाली-गलौज और पियक्कड़ी शुरू हो जात। कवनो का पढ़े-लिखे से मतलब नाहीं। सूअरे-कुकुर में अझुरायल हौ।"

"सरकार, इहो सधुआ पगलायल हौ। दिन भर बक-बक करऽ हे। पेंसन और कंबल को खराब कहऽ हे। अरे, एगो तूहो बाँट के देखा दे नऽ। इहाँ तो नाती (गाली) सब लचार के कंबल मिले नाहीं देत। जवनकीय (युवा महिलाएँ) लूट लेत। बुढ़ियन को कोई पूछत नाहीं।"

एक वृद्ध महिला ने पहली बार जुबान खोली। बोलने के क्रम में हाथ

की छड़ी नचा रही थी। लगभग पैंसठ साल की वह वृद्धा शरीर पर गंदी-फटी साड़ी डाले हुए थी।"

"समझत नाहीं हौ चाची! हम कहत हौ, एक दिन का खाय खतिरा कवनो का मछली देवे से अच्छा हौ, ओके मछली मारे का सिखा दो। जीवनभर अपने बाहुबल से मछली मारकर खैते। हम गरीब का बीच कुछ बाँटे का विरोध नाहीं करत हौ, लेकिन खैरात के फेरा में काम-धाम छोड़ के पड़ जा, एका हम विरोध करत हौ। हम तो कहत हौ कि गरीब के लड़कन को सरकार अपने इहाँ रख के पढ़ावे। पढ़-लिख जायत तो कहीं-न-कहीं अच्छा से दिन कट जात। अरे, पुरनिया कहले हौ 'लड़का के पढ़ाव, नाहीं तो शहर में बसाव'। एका मतलब होत कि लड़का के पढ़ा के और शहर में बसा के कवनो तरह से चालाक बनाओ। इहाँ तो सुबह से शाम तक शराब पिए और गाली-गुप्तार का ट्रेनिंग मिलत। जे समाज का ई धंधा होत ऊ कभी न विकास करत। हम लिख के दे देत। आखिर कवनो का कंबल और एक दिन का खर्ची देवे से का हो जात हौ। तू सब तो कहीं जात नाहीं हौ ? हम दुनिया देखत हौ। सूअर-कुकुर के बीच रहले से बुद्धि नाहीं होत। दिन-रात टोला में एक-दूसरे का शिकायत बतियावै से विकास हो जात का ? विकास खतिरा मिहनत करै का पड़त। जेके पास सूअर नाहीं हौ, ऊ विकास करत कि नाहीं ? साहेब, सूअर आदमी को पंगु बना देत हौ, पंगु। न सूअर के खिलावे का चिंता, न बाँधे का। दिनभर घूम-चर के आ जात खोभाड़ में। साल-छह महीना में दो-चार हजार के आमदनी हो जात, लेकिन लड़का-लड़की सूअरी के कारण बरबाद हो जात। गूह-मूत में घूम के सूअर आवत और घर के बरतन में मुँह डाल देत। जे लोग ई देखत ऊ कभी मुसहर के छुअल खात ? अपन न देखे का हौ और दोष दूसर जतिया के देत हौ कि ऊ लोग छुआत नाहीं हौ। अपन आँख का ढेढर (बड़ा रोग) नाहीं देखत और दोसरे का फुली (छोटा रोग) नजर आ जात। का साहेब! हम खराब कहत हौ ?"

हमसे हामी भरवाते हुए साधु मुसहर ने कहा।

"साहेब, हम बड़ आदमी के साथ रहत हौ। आपे सोची। एक दिन का मजदूरी में एक कंबल मिल जात, लेकिन मुसहर जात को दो दिन भी बुलावे

तो बिना खाए-पिए कंबल खतिरा कोसों पैदल चल जात। हम कहत हौ कि भिखमंगी छोड़ो। अपन हाथ जगरनाथ। साहेब छोड़ो इन सबका। इन्हन से बात करना और दो कोस पैदल चलना एक बराबर हौ। टोला में दारू के नदी बहावे का छूट देके विकास का बात करत हौ। घर का पैसा दारूवाला निकाल ले जात, तो विकास कवने पैसा से होत? ई कवनो नाहीं सोचत। हम चेलेंज करत हौ कि जब तक मुसहरी का दारू नाहीं छूटत, हियाँ विकास का कवनो बात सोचले गलती हौ। बूढ़ा पिंसिन (वृद्धा पेंशन) और कमरा (कंबल) बाँटे से विकास होत हौ? ई तो बंदर को बूट (चना) देके फसावैवाला बात हौ कि गरीब को कुछ देके उलझाए देओ। सरकार विकास करावे चाहत तो बढ़िया घर बनावत, नौकरी-चाकरी और पढ़ाई-लिखाई के इंतजाम करत। दारू तो बिल्कुलै बंद करा देत। और जगह भले बंद नाहीं होत, लेकिन मुसहरी में तो एकदम जरूरी हौ दारूबंदी।"

बिना किसी के जवाब की प्रतीक्षा किए साधु मुसहर उठने लगे। कुछ क्षण की चुप्पी को अति निर्धन साधु मुसहर की इस नीति ने बहुत प्रभावित किया। मन में शराबबंदी की आवश्यकता पर मंथन चलने लगा। वे फिर कुछ बोलना चाहते थे कि डम, डम, डम, डम, डम···की आवाज सुनाई दी। सब लोग उस ओर देखने लगे। मुड़कर देखा, एक मदारी दाहिने हाथ में डमरू और बाएँ हाथ में बाँसुरी लिये चबूतरे की ओर बढ़ रहा था। पीठ पर एक कपड़े से बना झोला। साथ में चल रहे करीब दस-ग्यारह साल के एक बच्चे की गरदन पर कपड़े से ढका लकड़ी का एक फ्रेम लटक रहा था, जो संभवत: बाँस की कमाची से तैयार किया गया होगा। युवा मदारी चबूतरे के समीप आने की बजाय करीब दस मीटर पहले ही थोड़ा खाली स्थान देखकर रुक गया। बाँसुरी की धुन पर हाथ हिला-हिलाकर तेजी से डमरू बजाने लगा। डम, डम, डम, डम···। बाँसुरी का सहयात्री बनने के बावजूद डमरू की कर्कश आवाज कानों को बेधने लगी। बातचीत का सिलसिला बंद हो गया। मदारी की ओर मुखातिब होकर गणेश मुसहर ने उसे रोकने के लिए हाथ से इशारा किया। उसने मुँह से बाँसुरी निकालकर हाथ रोक दिया। तब तक आठ-दस लड़के दौड़कर उसके पास पहुँच चुके थे। रुआँसे चेहरे के

साथ मदारी चबूतरे के निकट चला आया।

"यहाँ मदारी का खेल मत दिखाओ। दूसरे ओर चले जाओ। साहेब बैठकर कुछ काम कर रहे हैं।"

"बाबूजी! पेट है, कहिए तो थोड़ी देर रुक जाएँ, लेकिन खदेड़िए मत। अपना खेल-तमाशा दिखाकर टोले से दो-चार रुपए लेकर चला जाऊँगा। इसी से तो अपना परिवार चलता है। क्या बाबू, गलत कह रहे हैं?"

दो-तीन बार अपना पेट ठोंकते हुए मदारी ने तर्क-मिश्रित निवेदनपूर्वक प्रस्ताव रखा।

"नहीं-नहीं, खेल दिखाइए। हमें भी मदारी का खेल देखे काफी दिन हो गए हैं। बचपन में गाँव में देखा करता था। बहुत अच्छा लगता है। गणेशजी, इन्हें खेल दिखाने दीजिए। हम सब लोग भी देखेंगे।"

"ठीके है, दिखाओ, लेकिन थोड़ा इधरे दिखाओ कि साहेब चबूतरे पर से देख लें।"

गणेश ने उसे सलाह दी।

युवा मदारी ने अपने साथ रहे बालक को इशारा किया। उसने सारा सामान थोड़ा करीब ला दिया। चबूतरे पर बैठे सभी लोग मदारी का खेल देखने लगे।

बाँसुरी पर फिल्मी धुन के साथ डमरू की आवाज तेज हो गई। डम, डम, डम, डम, डम, डमाडम, डम, डम...।

"देखो-देखो-देखो, अजूबा खेल देखो।

हाथ-पैर बँधा लड़का गायब होकर बनेगा काला नाग।

जिसे डँस दे, पानी भी नहीं माँग पाएगा।

कौड़ी-कमख्या का जादू।

हवा में उड़ेगा लड़का।"

उसके डमरू और बाँसुरी की आवाज पर देखते-ही-देखते टोले के लोग इकट्ठे हो गए। उनमें बच्चे और किशोरों के साथ महिलाएँ और पुरुषों की तादाद भी अच्छी थी। चार-पाँच की संख्या में युवकों की अलग-अलग दो-तीन टोलियों ने भी अंडाकार शेप में बनी दर्शक दीर्घा में मोरचा सँभाल लिया।

मदारी लगातार आवाज लगाने के साथ हाथ हिला-हिलाकर तेजी से डमरू बजा रहा था। शायद और भीड़ बढ़ने की उम्मीद कर रहा था। बीच-बीच में गोलाकार चक्कर लगा, खेल दिखाने के अपने दायरे को चिह्नित कर रहा था, ताकि इसके भीतर दर्शक नहीं आएँ। छींटदार लुंगी और गहरे रंग की टी-शर्ट पहने उस मदारी की उम्र करीब तीस से बत्तीस साल होगी। मदारी द्वारा तय किए गए मंचवाली दिशा के विपरीत बैठे युवकों की टोली ने हाथ से खेल शुरू करने का इशारा किया। प्रत्युत्तर में मदारी ने भी डमरूवाले हाथ से धैर्य रखने का संकेत देतु हुए हाथ हिला-हिलाकर तेजी से डमरू बजाना शुरू कर दिया। डम-डम, डम-डम, डम-डमाडम। कुछ ही क्षण बाद मदारी ने डमरू बजाना रोककर आवाज दी।

"खेल शुरू हो रहा। सब लोग अपनी जगह ले लें। खेल शुरू होने पर कोई उठेगा नहीं। काला नाग हवा में उड़ता है। डम-डम, डम-डम, डम-डमाडम⋯।"

उसे भान हो गया, जो भीड़ होनेवाली थी, हो गई। अब और लोग नहीं आएँगे।

"आप लोगों में से एक आदमी इधर आइए।"

उसने अपना मंच स्थापित कर झोला रखे जानेवाले स्थान के विपरीत करीब पंद्रह फीट सामने बाँसुरी के पिछले हिस्से से जमीन पर एक वृत्त बना दिया। उसकी परिधि में एक आदमी आसानी से बैठ सकता था। हाथ के इशारे से चारों ओर नजरें घुमाकर एक युवक को वह स्थान ग्रहण करने का अनुरोध करने लगा। युवकों की टोली से उस वृत्ताकार स्थल की ओर एक किशोर बढ़ा। अभी दो कदम भी नहीं बढ़ा था कि अचानक उसकी नजर सामने महिलाओं के साथ खड़ी माँ पर पड़ गई। माँ ने आँख तरेरकर सिर हिला दिया। किशोर पुनः अपने स्थान पर लौट गया।

"काहे मना करऽ हे, मदारी तोरे बेटवा के भेड़ा बना देत काऽ ?"

दर्शकों की ओर से आवाज आई और सभी लोग हँस दिए। किशोर की माँ ने झेंपकर साड़ी का पल्लू मुँह पर रख लिया। मदारी फिर से आवाज देने लगा, "जल्दी कोई दूसरा आदमी आए। देर हो रही है। बेचारा खाना खाया

नहीं था, इसलिए नहीं बैठा।"

अभी–अभी लौटे किशोर की ओर इशारा करते हुए मदारी ने कहा।

"नहीं–नहीं, अपनी माई का दूध पीता है। अभी एका माई दूध पिला देगी, बैठ जाएगा।"

एक अधेड़ ने उस किशोर के साथ उसकी माँ की ओर भी इशारा करते हुए मजाक किया। जवाब में किशोर की माँ ने भी अधेड़ की ओर मुँह ऐंठते हुए कुछ कहा, लेकिन सुनाई नहीं पड़ा।

"आइए पहलवान, आप ही आइए। डरिए नहीं, मदारी भेड़ा बना देगा, तो टोला से कैसे लौटकर जाएगा। बस, केवल इसे पकड़कर खड़े हो जाइए।"

मदारी ने एक हट्टे–कट्टे युवक को अपना सोंटा (छोटा डंडा) पकड़ाते हुए अनुरोध किया। उसे लगभग धकेलते हुए तीन–चार युवकों ने मदारी द्वारा इंगित स्थल पर पहुँचा दिया। युवक ने भी अधिक ना–नुकूर किए बिना मोरचा सँभाल लिया।

"बोल जमूरे, ये कौन हैं?"

अपने साथवाले बालक से मदारी वार्त्तालाप करने लगा।

"चेला।"

"हाँ जी, आप चेला बनेंगे?"

सोंटा लेकर खड़े युवक की ओर इशारा किया।

"नहीं"

"क्या बनेंगे?"

"गुरु।"

"बोल जमूरे, तुम्हें मंजूर है?"

"हाँ ओस्ताद, मंजूर है।"

"इनके साथ जाओगे?"

"हाँ, जाएँगे।"

"कहाँ जाओगे?"

"श्मशान घाट।"

"वहाँ जाकर क्या करोगे?"

"मुरगा-मुरगी का खेल।"

"किसके साथ?"

"गुरु के साथ।"

"मुरगा बनोगे कि मुरगी?"

"मुरगा।"

"मुरगी बनने के लिए तैयार हैं?"

युवक की ओर इशारा करते मदारी ने पूछा।

"नहीं।"

"क्यों?"

"हम मुरगा बनेंगे।"

"जमूरे, तुम्हारे गुरु मुरगा बनेंगे।"

"तैयार हूँ, लेकिन पलटा-पलटी।"

"जमूरे, ये पलटा-पलटी क्या?"

"गुरु मुरगा बनेंगे तो हम मुरगी और हम मुरगा बनेंगे तो गुरु मुरगी।"

मदारी ने युवक की ओर इशारा किया।

"नहीं।" युवक ने हाथ का इशारा किया।

"क्यों?"

"हम हमेशा मुरगा बनेंगे।"

"जमूरे, गुरु पलटा-पलटी का खेल नहीं खेलेंगे। केवल मुरगा बनेंगे।"

"मंजूर, लेकिन साथ लेकर जाऊँगा। लौटने की गारंटी नहीं।"

"गुरु, मंजूर है?"

"मंजूर।"

"जमूरे, मुरगा-मुरगी के खेल में ऊपर रहोगे कि नीचे?"

"ऊपर रहेंगे।"

"मंजूर है?"

मदारी ने युवक की ओर इशारा कर पूछा।

"नहीं, हम ऊपर रहेंगे।"

"क्यों गुरु?"

"हम मर्द हैं।"

"जमूरे, ये मर्द हैं।"

'नहीं।"

"तो क्या हैं?"

"बीचवाले। ओस्ताद, शक हो तो देख लो।"

सभी लोग हँस दिए। मदारी युवक की ओर लपका।

"जमूरे, अभी साबित किए देता हूँ। गुरु मर्द हैं कि औरत या बीचवाला।

"अगर मर्द निकले, तो बहुत मार खाओगे।"

"और ओ निकले तो?"

"तुम्हारे साथ जाएँगे।"

"मैं सच बोल रहा हूँ। चेक कर देख लो ओस्ताद!"

"अभी करता हूँ।"

मदारी ने युवक की पैंट की चेन की ओर हाथ बढ़ाया। युवक उछलकर वृत्त से बाहर आ गया। दर्शकों ने जोर का ठहाका लगा दिया।

"जमूरे, गुरु चेक नहीं करा रहे।"

"मेरी बात पक्की।"

युवक की ओर कुछ लोगों ने हिजड़ों की तरह हाथ हिला-हिलाकर इशारा किया और वह झेंप गया।

"आप लोग यहाँ के रहनेवाले हैं। जमूरा झूठ बोल रहा है कि सच? गुरु इधर-उधरवाले हैं कि बीचवाले?"

मदारी दर्शकों की ओर पंजा हिला-हिलाकर पूछने लगा। दर्शकों की ओर से 'बीचवाला-बीचवाला' के साथ जोर का ठहाका। मदारी ने भीड़ पर सरसरी निगाह डाली। संभवतः उपस्थिति से संतुष्ट हो सबको बैठने का इशारा किया। युवक का हाथ पकड़कर पुनः निर्दिष्ट स्थल पर पहुँचा दिया।

"गुरु, जमूरा बहुत बोलता है, इसके हाथ-पैर बाँधो।"

मदारी ने एक रस्सी से तैयार झोले में बालक को घुसने का इशारा किया। बालक के उसमें घुसते ही मदारी ने गाँठ लगा दी। उस जालीनुमा

झोले में लटकाए बालक को युवक के सामने करके बोला—

"गुरु, दो-चार गाँठ कसकर लगा दो। जमूरा निकलकर भागे नहीं।"

युवक ने झोले सहित बालक को टाँगकर गाँठ के ऊपर गाँठ लगा दी। मदारी ने उसे बाँस की छड़ी से बने एक टपरे से ढककर चादर डाल दी। बाँसुरी और डमरू बजाते हुए उसकी परिक्रमा करने लगा। बीच-बीच में दाहिने हाथ को तेजी से हिला-हिलाकर डमरू बजाता। फिर अचानक रुककर टोले का जायजा लेने लगा।

"यहाँ रोग-ब्याध होता है, आप लोग पूजा-पाठ में विश्वास करते हैं कि नहीं? यदि करते हैं, तो इस तसवीर को पहचानिए।"

उसने टपरे के ऊपर बिछी चादर पर रौद्र रूपवाली माँ काली की तसवीर रख दी। कुछ लोगों ने हाथ जोड़कर प्रणाम किया। उसने फिर बाँसुरी की मधुर धुन पर कर्कश डमरू की आवाज का लेप लगाते हुए परिक्रमा शुरू कर दी। अचानक भीड़ से एक बच्चे को बुलाया, जो धूल-धूसरित केवल पैंट पहने हुए था। उसकी नाक थोड़ी गीली थी, जिसे कोहनी के ऊपरवाले भाग से एक बार रगड़कर अपने को स्मार्ट बनाने का प्रयास किया। पैंट को भी ऊपर खींचकर नाभि के समानांतर ला दिया। मदारी ने टपरे के निकट उसे बैठा दिया।

"जो देखोगे, सच-सच बोलोगे कि नहीं?"

"बोलेंगे।"

"झूठ बोलोगे तो सोच लेना, भेड़ बन जाओगे।"

"नहीं, सच बोलत।"

बच्चे के चेहरे पर डर के भाव दिख रहे थे, लेकिन वह प्रकट नहीं होने देना चाहता था। मदारी ने बच्चे का सिर टपरे के एक किनारे ले जाकर उसे चादर से ढक दिया।

"देखो, उसमें जमूरा दिखाई देता है?"

बच्चे ने चादर के भीतर से ही आवाज लगाई—

"नहीं।"

"ठीक से देखो।"

"नहीं।"

बच्चे ने सिर चादर से बाहर निकाल हाथ का इशारा किया, जमूरा नहीं है।

"यह बच्चा है, इसको दिखाई नहीं दिया हो, आप इधर आओ।"

एक अधेड़ की ओर मदारी ने इशारा किया।

अधेड़ को टपरे के निकट बैठा दिया। उसकी गरदन पर हाथ रखकर झुकाया और सिर को चादर के भीतर कर टपरे में झँकवाया। टपरे के एक कोने की ओर इशारा किया।

"जमूरा दिखता है?"

"नहीं।"

"ठीक से देखिए।"

"बस झोला है, जिसमें उसे बाँधा गया था।"

सिर से चादर हटाते हुए अधेड़ ने कहा।

"झूठ तो नहीं बोल रहे काका?"

"बिल्कुल नहीं, दूसरे से दिखवा लो।"

चादर सिर से हटाकर अधेड़ ने हाथ हिलाया, लड़का गायब। वह चेहरे पर चिंता का भाव दरशाते हुए खड़ा हो गया। मदारी भी वहाँ से उठकर बाँसुरी और डमरू का तालमेल स्थापित करने लगा। तमाशेवाले एरिया के दो चक्कर लगाकर उसने झोले से एक स्टील का डिब्बा निकाला। उसका ढक्कन खोलकर टपरे के ऊपर माँ काली की तसवीर से सटाकर रख दिया। डिब्बे से कुछ निकालकर मुट्ठी में रखा और हाथ हवा में लहराने लगा।

"यह जो चीज मेरी मुट्ठी में है, भूत-पिशाच और रोग-ब्याधि को पास नहीं आने देगी। पुरानी-से-पुरानी बीमारी को उखाड़ फेंकेगी। घर में पैसे आने लगेंगे। किसी के जोग-टोने का असर नहीं होने देगी। सिर्फ एक बार आजमाओ, फिर यह न कहना कि फकीर की दुआ हमें नहीं मिली। माँ काली का आशीर्वाद है। जो इसे लेगा, बढ़ता जाएगा।"

उसने मुट्ठी तसवीर से सटाई और दो कदम आगे बढ़कर खोल दी। उसकी हथेली पर आपस में उलझी नग-जड़ित कुछ अँगूठियाँ दिखाई दीं,

जिन्हें दर्शकों की ओर घुमाया।

"ये अँगूठियाँ किसी सुनार की दुकान की नहीं। माँ काली के आशीर्वाद और फकीर की दुआवाली हैं। जो पहनेगा, उसके घर लक्ष्मी आएगी। क्या मजाल, कोई डायन उसके परिवार की ओर नजर घुमा दे। जलकर भस्म हो जाएगी। बहुत कम अँगूठियाँ हैं। जिन्हें माँ काली का सीधा आशीर्वाद और काले फकीर की दुआ चाहिए, वह बोल दे। अपनी जगह से सिर्फ हाथ उठा दे। पहले अँगूठी ले, विश्वास हो तो पैसा बाद में दे। अँगूठी की कोई कीमत नहीं। दो सिंक पान के दाम में फकीरों की दुआवाली अँगूठी आपके पास पहुँच जाएगी। समझ गया। आप हाथ क्यों नहीं उठाते? सोचते होंगे कि मदारी अँगूठी देकर बहुत पैसा न माँग ले। काले फकीर की दुआवाली इस अँगूठी का दाम सिर्फ बीस रुपए। जी हाँ, सिर्फ बीस रुपए। इसका परहेज बाद में बताऊँगा। परहेज से पहननेवाले पर होगी साक्षात् कृपा। एक बार आजमाकर देख लो। माँ काली का सीधा आशीर्वाद।"

'सीधा' शब्द के वक्त बाएँ हाथ को आसमान की ओर और 'आशीर्वाद' शब्द पर अँगूठियों का स्पर्श। भीड़ से करीब दर्जन भर हाथ उठ गए। मदारी तेज चहलकदमी करते हुए अँगूठियाँ पकड़ाने लगा। लग रहा था, उसे बहुत हड़बड़ी हो। हाथ उठानेवाले की बगल में खड़े कुछ लोगों ने भी अँगूठी ले ली। देखते-ही-देखते उसने 15-20 अँगूठियाँ बेच दीं। अँगूठियाँ लोहे में जड़ित सामान्य पत्थरवाले नग की लगीं। शेष पाँच-सात अँगूठियाँ देकर टपरे के पास वापस बैठ गया।

"जमूरे, बाहर निकल। बहुत देर हो गई। अभी और कई खेल दिखाकर चलना है। जमूरे, बोलता क्यों नहीं? मारेंगे दो सोंटा कि नींद खुल जाएगी। तुम ऐसे नहीं मानोगे। बताता हूँ।"

मदारी टपरे में हाथ डाला और चेहरे पर आश्चर्य का भाव दरशाते हुए जालीदार झोला निकाल दिया।

"जमूरा गायब!"

टपरे के ऊपर कान लगाकर बाईं तर्जनी को मुँह से सटाते हुए सबको

शोर नहीं करने का इशारा किया। दर्शकों ने साँसें रोक लीं। फिर टपरे से कान सटाया। 'सी···' की आवाज निकली। मानो नाग फुफकार रहा हो। टपरे के ऊपरी भाग, जो सिर्फ चादर से ढका था, उसके नीचे से कुछ घूमता दिखाई दिया। प्रतीत हो रहा था कि कपड़े के नीचे से कोई उँगली घुमा रहा हो, जिसे मदारी साँप बताने लगा। दर्शक साँसें थामे देख रहे थे।

"जमूरा तन बदलकर नाग बन गया।"

तेज आवाज में मदारी बोला और टपरे के भीतर दाहिना हाथ डालकर कुछ टटोलने का उपक्रम किया। अगले ही क्षण उसके हाथ में एक साँप था।

"काला नाग है। जिसे एक बार डँस ले, पानी माँगने का मौका न दे। जमूरा साँप बन गया गुरु। अब कैसे मुरगा-मुरगी का खेल खेलोगे? तुमको भी साँप बना देता हूँ। आओ इस टपरे में घुसो।"

मदारी ने युवक की ओर इशारा किया, जिसे उसने नकार दिया। पुनः हाथ में बाँसुरी और डमरू लेकर टपरे की परिक्रमा शुरू कर दी।

"डम-डम, डम-डम, डम-डमाडम। आ जा जमूरे! जल्दी आ जा, नहीं तो खेल किसके साथ दिखाऊँगा। अब कोई तुमको कुछ नहीं बोलेगा। जल्दी आओ। कसम भवानी की, कभी नहीं बोलूँगा।"

तभी टपरे के एक किनारे से जमूरे का पैर निकला। वह दोनों एड़ियाँ जमीन पर रगड़े जा रहा था। जैसे असहनीय दर्द हो रहा हो।

"उस्ताद, पेट में बहुत दर्द है। मर जाने दो। बड़ी भूख लगी है।"

जमूरे ने टपरे के भीतर से आवाज दी। मदारी ने डमरू और बाँसुरी के साथ एक चक्कर लगाया। आप देख रहे हैं बच्चे को? वह भूख से बिलबिला रहा है। उस पर रहम कीजिए। मैं कहता हूँ आपके लिए पाँच-दस रुपए कोई चीज नहीं, लेकिन इस बच्चे और इसके परिवार के लिए बहुत कुछ है। आपने खेल देखा। यह अपने पेट के लिए कुछ माँग रहा है। जायज है कि नाजायज?

उसने दर्शकों से सवाल किया।

"जायज है।"

दर्शकों की ओर से तेज आवाज आई।

"हाथ जोड़कर एक विनती करें?"

"हाँ।"

"आपने खेल देखा। सिर्फ दस लोगों से दस-दस रुपए चाहिए, ताकि इसका पेट भर सके। बगल में खेल दिखा रहा था। वहाँ पचासों लोगों ने पैसा दिया, लेकिन यह गरीबों का छोटा टोला है। यहाँ सिर्फ दस लोगों से दस-दस रुपए झोली फैलाकर माँगता हूँ।"

एक गमछे के दोनों सिरे दोनों हाथों से फैलाकर चारों ओर घूमने लगा। दस से अधिक लोगों ने दस-दस रुपए दे दिए। रुपए वसूल कर वापस टपरे के पास बैठा और गमछे को पैसे सहित झोले में डाल दिया।

"बोल जमूरे, तुम्हारे खाने का पैसा मिल गया। अब तो बाहर निकलोगे। दूसरे मोहल्ले के लोग इन्हें गाली देते कि एक बच्चे को भोजन के लिए वहाँ कुछ नहीं मिला। यह मोहल्ला गरीब, लेकिन दिलदार है।"

मदारी घूम-घूमकर बोले जा रहा था। एकाएक टपरे के पास रखी बाँसुरी को हाथ में उठाया और उसका प्रयोग तर्जनी की भाँति करते हुए बोलने लगा।

"भाइयो, यह बंबई, कलकता और पटना नहीं। यह गरीबों का मोहल्ला है। जरूरी नहीं कि सबके पास नगद पैसे हों। लेकिन यहाँ के लोग मुफ्त में कोई काम नहीं करना चाहते। बदले में कुछ-न-कुछ दे जाते हैं। अपने बाप के साथ कई बार यहाँ आ चुका हूँ। एक बात कहूँगा, गौर से सुनिएगा। आप सबने बच्चे का खेल देखा। मैं समझ रहा हूँ, सबकी इच्छा है कुछ देने की। मैं कहता हूँ, जिनके पास पैसे नहीं हैं, कोई बात नहीं। जिनके घर अनाज नहीं है, कोई बात नहीं। उनके बच्चे दूसरे के घर से चुराएँगे नहीं, लेकिन जिनके घर में अनाज है, वे इस बच्चे का पेट भरने के लिए दो-चार मुट्ठी जरूर दे दें। दुआ मिलेगी। याद रहे, किसी के घर से चुराया हुआ अनाज नहीं और घर में अनाज हो तो बहाना भी नहीं बनाएँ, नहीं तो माँ काली सब देख रही है। इस लड़के को चाकू मारूँगा और सब लोग भागकर अपने-अपने घर चले जाएँ। जो अनाज घर में हो, लाकर इस चादर पर डाल दें।"

उसने झोले से निकालकर एक रंगीन चादर जमीन पर बिछा दी।

"जो भाई अँगूठी लिये हैं, वे एक-एक कर पैसे देते जाएँ और परहेज पूछते जाएँ। फायदा नहीं हुआ तो इस नाचीज के नाम पर थूक देना।"

मदारी ने झोले से चाकू निकाला और हवा में लहराते हुए कहा,

"बच्चा चिल्लाएगा, गौर नहीं करना। भागकर अपने घर जाना और इसके चाकू लगे पेट को भरने के लिए कुछ अनाज लेते आना। घर में अनाज रहते नहीं देनेवाले को माँ काली और काले फकीर का शाप लगेगा। जीवन भर इस बच्चे की तरह छटपटाएगा। गौर करना, दूसरे के घर से चुराकर नहीं, अपने घर से लाना। जिसके घर अनाज नहीं हो, वह माँ काली के सामने हाथ जोड़कर माफी माँग लेना। देवी मईया जरूर माफ कर देगी, कि मेरा बंदा झूठ नहीं कहता।"

चाकूवाले हाथ को पीछे ले जाते हुए उसने टपरे के ऊपर बिछी चादर में दबा दिया। टपरे के भीतर से आवाज आई, 'आ आ आ आ…।'

दो-चार को छोड़ शेष लोग अपने-अपने घरों की ओर भागे। थोड़ी ही देर में चादर पर सात-आठ किलो अनाज गिर गया।

अँगूठी के परहेज में बताया, "कोई भी गलत काम से पहले अँगूठी खोल देना।"

लेकिन अँगूठी खरीदनेवाले नहीं पूछ पाए कि कौन सा गलत काम करने से पहले। चंद मिनटों में ही मदारी अपने जमूरे के सिर पर अनाज रखकर स्वयं झोले और टपरे के साथ टोले से बाहर जाता दिखाई दिया।

मैं हतप्रभ रह गया। जिस टोले में चापाकल के वाशर बदलने के लिए 50 से 60 रुपए नहीं जुट पाते, वहाँ से मदारी ने तीस-पैंतीस मिनट में छह-सात सौ रुपए निकाल लिये। जिन लोगों ने बीस रुपए की अँगूठियाँ खरीदी, उनमें कई ऐसे थे, जिनके बच्चे तीस रुपए के बनियान के बगैर नंगे बदन रहते हैं। ऐसे लोगों ने दस रुपए झट से दे दिए, जिनके यहाँ दो रुपए के शैंपू के अभाव में औरतों के बाल लटियाए (गंदे-उलझे) रहते हैं। गौर करनेवाली बात यह रही कि अति निर्धन (एक वर्ग) परिवारवाले इस टोले को भी मदारी

ने अपने हुनर से तीन वर्गों में विभाजित कर दिया। उच्च, मध्यम और निम्न। धन, ऐश्वर्य और प्रभुता बरकरार रखने एवं डायन-भूत का असर नहीं होने देने के नाम पर एक वर्ग (ऊपरी लेयर) के करीब डेढ़ दर्जन लोगों ने बीस-बीस रुपए की अँगूठियाँ खरीद लीं। इस वर्ग के पास कुछ सोच और सपने जरूर हैं, जिसे पूरा करने के साधन के बतौर इन अँगूठियों की खरीददारी हुई। क्रय क्षमता के मामले में ये टोले के ऊपरी लेयरवाले प्रतीत हो रहे थे। संवेदनाओं के पहिए के सहारे चलनेवाले मध्यमवर्गीय परिवारों की भाँति पेट और भूख के नाम पर दस-दस रुपए निकल गए। देवी माँ और काले फकीर के शाप का अंधविश्वास और अनाज नहीं होने पर सबके सामने माफी माँगने की शर्मिंदगी के प्रभाव से आठ से दस किलो अनाज आ गया। घोर गरीबीवाली इस मुसहर टोली को भी उच्च, मध्यम और निम्न श्रेणी में विभाजित कर गुड्स और सेवा बेचने की अद्‌भुत कला दिखा गया मदारी, यानी पीढ़ीगत देशी हुनर भी व्यावसायिकता के दौर में पीछे नहीं। मैंने उसकी कला को सलाम करते हुए आजादी के दशक गिनने शुरू कर दिए।

मदारी का खेल खत्म होने के बाद कुछ लोग पुनः चबूतरे के पास आकर चर्चा करने लगे।

"लड़कवा को गायब नहीं किया था। उसी के भीतर लुकायल था।"

"फिर गाँठ कैसे खोल ली? हाथ-पैर बंधल था।"

"यही तो मदारी है। टोला को बुरबक बनाकर ले गया।"

बगल में खड़े एक अधेड़ को साधु मुसहर ने जवाब दिया।

"साहेब, कवनो सपेरा से साँप खरीद लिया होगा और उसे लिये घूम रहा है। दोसरे टोला में के-के पास इतना समय हौ कि मदारी-तदारी का खेल देखे। आधा घंटा बक-बक किया और पाँच सौ हजार लेकर चंपत हो गया। जितना लोग मदारी का खेल देखने जुट गया, इन लोगों से कहिए कि टोलवा का सफाई कर दो, तो बोलेगा लोग कि टाइम नहीं है। ढाई सौ रुपया के बिना टोले का ढोलक नहीं छवा (मढाना) रहा, लेकिन देखिए लाट साहिबी, कि दन-दन पैसा निकाल रहा है। इन्हन के व्यवहार से हम ऊब गए हैं, सरकार।"

कहते हुए साधु मुसहर ने जम्हाई ली।

"साहेब, हमहू बड़ आदमी के साथ रहत हौ। आपे बोलिए। एक दिन का मजदूरी में एक साधारण कंबल मिल जात, लेकिन ई जात को दो दिन भी बुलावल जात तो बिना खाए-पिए कंबल खतिरा कोसों पैदल चल जात। हम कहत हौ कि भिखमंगी छोड़ो। अपन हाथ जगरनाथ। साहेब, नीतीश हमन खतिरा जरूर काम केले हऽ, लेकिन सात नीतीश पैदा होत और मुसहर टोली में शराब बिकल जारी रहत, तो न मुसहर सुधरत और नाहीं मुसहर टोली। पढ़े-लिखे का कवनो चर्चे नाहीं होत कबो। साहेब, छोड़िए इन सबका। इन्हन से बात करना और दो कोस पैदल चलना एक बराबर हौ।"

बिना किसी के जवाब की प्रतीक्षा किए साधु मुसहर उठकर जाने लगे। इस दरमियान कुछ क्षण की चुप्पी को बगल की सुरीली आवाज ने तोड़ा—

"नथिया जे बेची-बेची सइयाँ के पढ़वली,
मास्टर कऽ देलन फेल।
फिकिर जनी करिहऽ, ए सैया।
फिकिर जनी करिहऽ ए सैंया। फिकिर जनी…"

चबूतरे से सटे दक्षिण टाटी के घेरे के पीछे से निकले इस भोजपुरी गीत की आवाज सबको साफ सुनाई दी। अचानक मैंने सिर उठाया। चबूतरे पर बैठे लगभग सभी लोग एक-दूसरे को देखकर हँस दिए।

"का हो देकुमरा भौजी! कवना इम्तिहान में देवकुमार भैया फेल हो गेल। माइक मँगाए का? आओ चबूतरा के पास गा के सुना दो। सब लोग सुनें कि हमार छबिली भौजी कइसे गावहे।"

मुनीब ऊँची आवाज में गीत गानेवाली औरत को संबोधित करते हुए बोला। उसकी बात सुन देवकुमार की पत्नी सुखमाती झल्लाते हुए टाटी से बाहर निकली। उम्र करीब 30-32 साल। साड़ी का अगला भाग घुटने से थोड़ा नीचे। आँचल गरदन से होते हुए कमर पर विश्राम की मुद्रा में। सुर्ख चेहरा और हाथ में पोतन (मिट्टी का घर लीपने के लिए गीली मिट्टी और पानी से भीगा कपड़ा) लिये हुए।

"कोई अपन घर में का करत हे। रोअत हौ कि गावत हौ, एसे दोसरे का कौन मतलब? लोग अपन घर देखे।"

वाक्य पूरा होने के साथ ही मुझपर सुखमाती की नजर पड़ गई और वह उल्टे पाँव अपने झोपड़ीनुमा घर में शरमाकर लौट गई। भीतर घुसते हुए उसके मुँह से निकला।

"साहेब के चल जाए दो, आज हम बतावत कि तोरा भउजाई कइसन हे।"

सभी लोग चुप। मुझे बड़ी खुशी हुई कि इस अशिक्षित टोले की यह महिला भोजपुरी गीत के माध्यम से किस तरह शिक्षा के प्रति अपना समर्पित उद्गार व्यक्त कर रही है। गीत में कह रही है कि हमने नथिया बेचकर पति को पढ़ाया, लेकिन शिक्षक ने फेल कर दिया। वह पति को ढाढ़स दिला रही है कि हे पति, चिंता मत कीजिए। पढ़ाई जारी रखिए। गरीबी और अशिक्षा की इस बंजर भूमि पर गीत के माध्यम से ही सही शिक्षा के प्रति भाव की हरियाली आच्छादित टीला दिख गया।

"मुनिबवा! आज देकुमरा बऽ तोर पूजा करत। साहेब के चल गेला के बाद अपन गति सोच ले बचवा। कोई नऽ बचा पावत।"

चबूतरे की चुप्पी तोड़ते हुए मुगिया ने कहा,

"अरे काकी, फागुन हौ। भौजी दो गाली देबै तो सह लेत। एमे कवन बड़ बात हौ। जेके बड़ भाग होत ओकरे फागुन में भउजाई से भेंट होत हौ। टोला में इहे तो एक भौउजाई हौ जे कभी-कभी गाली देत। एके गालियो से मिठाई टपकत।"

मुनीब मुसकरा दिया।

"जानत हौ साहेब, जे जतने सीधा होत, ओके ओतने तेज औरत मिलत और तेज अदमियन को भोथर औरत मिल जात। भगवान् कभी-कभी जोड़ी लगावत हौ। नाहीं तो जोड़ी हरदम बेमेल ही रहत। भाग (भाग्य) बहुत बड़ चीज होत साहेब। एका कोई मिटा नाहीं पावत हौ। देकुमरा भौजी का गला भी बहुत अच्छा हौ।"

"यहाँ कभी गीत-गवनई होता है कि नहीं?"

सहज भाव से पूछ लिया।

"काहे नाहीं साहेब! अब तो कम हो गेल। कवनो का बढ़िया गीते गावे नहीं आवत हौ। पहिले तो खूब होत रहल।"

गोद में एक बच्चे को लिये मुगिया के बगल में बैठी सरसतिया बोली। शायद उसका पोता हो। करीब दो वर्षीय गोद में बैठा कुपोषित बच्चा बिल्कुल गुड़िया की तरह शांत बैठा था, जबकि इस उम्र के बच्चे इतना शांत नहीं रहते। मेरी नजरें उस पर टिक गईं, लेकिन सरसतिया को यह भान नहीं हुआ।

"बाबू, हमनी सब तो आजो ऊ गीत गा देत कि नइकी सब तरसत। सोहर, कजरी, भजन और बिआह का गीत। का नाहीं जानत हौ। अब तो सब रेडियो और टीवी देखत हौ। टोला का ढोलक भी कई साल से फुटल हौ। हम तो कहे कि बेहरी (चंदा) करके मढवा लौ। टोला में सामान रहत तो कभी-न-कभी काम आयत। लेकिन हमर बात कवनो नहीं मानत। शादी-बिआह में येहर-ओहर से माँगत। जानत हौ, ई टोला में एक जतनी रहल। बड़ी सुंदर गीत गावऽ हल। हिते-नाता सगरी ओका शोर हल। एक बार तो नाच पार्टीवाला आ गेल कि चलो हमरे पार्टी में। कहत हल कि अपने मरद के साथ सट्टा (करार) पर चलत और गा-बजाके सुबह मरद के साथ लौट जात। एतना सुनके जतनी का मरद नाच पार्टी वालन को लगल गरिआवे। अपन मेहरारूओं (पत्नी) को मारे चलल। टोला मोहल्ला के लोग ओके बड़ा बेइज्जत केल, तब जाके जतनी का जान बचा। साहेब, गीत-गवनई कवनो खराब हौ? बड़-बड़ लोग माहटर (शिक्षक) रख के अपन बेटा-बेटी को नाच-गान सिखावऽ हे और ई टोला में लोगन को लाज लागऽ हे। बड़ जात के बिआह-शादी में घर का औरत लोग झूम के नाच-गान करत। बरात दुआरे लागे का समय तो अब मरद-औरत ऊ कमर लचकाई के डांस करत कि नचनिया फेल हो जात।"

"एमा शरम कवन बात का। गीत-गवनई तो हुनर हौ हुनर। भगवान् सबका तो ई गुण देत नाहीं। पूजा और डोमकच (लड़के के बारात के दिन-

रात भर जगने के लिए महिलाएँ नाटक, प्रहसन और नृत्य मिश्रित कार्यक्रम करती हैं, उसे डोमकच कहा जाता है।) के दिन जतनी का गीत सुने पूरा मोहल्ला के मेहरारू और लड़की आ जात। दोसरे-दोसरे टोला से ओकरे बोलावा आवत। बाँस की छिउकी नाई पातर जतनी हरदम हँसत रहत। ओका सुनरई (सुंदरता) देख लोग का-का नाम धरत, लेकिन ऊ कवनो का जवाब नाहीं देत। ई देखू साहेब!"

एक दस वर्षीय बालक की ओर इशारा करते हुए मुगिया ने कहा। बालक दूर से फेंकी गेंद लेने चबूतरे के पास दौड़ते हुए आया था।

"साहेब ई बंधुआ हौ। जतनी का बेटा। अपन माई जैसा गीत गावत हौ। लड़का सब एसे खूब गीत गवावत हौ। अरे बंधुआ! सुन, साहेब बुलावत हौ।"

गेंद हाथ में लेकर लौट रहे उस बालक को मेरे पास आने का इशारा किया।

"तुम्हारा नाम क्या है?

"बंधु।"

"पिता का नाम?"

"जोखन।"

"किस क्लास में पढ़ते हो?"

"पंचवा में।"

अपनी नोट बुक उसकी ओर बढ़ाते हुए नाम और स्कूल का नाम लिखने को कहा। गेंद जमीन पर रखकर धीरे-धीरे लिखने लगा।

"बंधु कुमार पिता जोखन मुसरह।"

स्कूल का नाम लिखने की बजाय मेरी तरफ देखने लगा।

"क्यों, क्या हुआ? जिस स्कूल में पढ़ते हो, उस स्कूल का नाम नहीं लिख सकते। पिता के नाम से पहले श्री नहीं लगाया और मुसहर की जगह मुसरह लिख दिया। चलो कोई बात नहीं। अपने पाँच मित्रों का नाम लिखो।"

"अमर, रकटु, दिनस, मोहक और सभा।"

नोटबुक मेरी ओर बढ़ा दी।

"कैसे पढ़ते हो कि अपना नाम, पता और पाँच मित्रों का नाम भी नहीं लिख पाते। पाँचवीं वर्ग के छात्र हो। स्कूल प्रतिदिन जाते हो कि नहीं ?"

"ई का कहेगा साहेब। स्कूल में तो सालभर से खिचड़ी बंद है। चार-पाँच मास्टर और मास्टरनी हैं। कोई नहीं बढ़िया से पढ़ावत। मास्टर टाइम से नाहीं आवत, तो लड़का का स्कूल जात ? कोई देखेवाला नाहीं हौ। मास्टर सब तो ऐसा मोहल्ला खोज के अपन बदली करा लेत। न बचवन का पढ़ावै का झंझट, न टाइम पर आवे का चिंता। कोई देखे-सुनेवाला हौ नाहीं कि मास्टर-मास्टरनी कब आवत और कब जात। बेचे का चावल मिल जात और फोकट का महीना। स्कूल पहुँचले के बाद बस अटर-पटर बतियावे का और कुरसी तोड़े का काम।"

चंद मिनट पहले ही चबूतरे के समीप पहुँचे दीपन ने कहा।

"ऐ सर, हियाँ देखनेवाला कोई नाहीं हौ। मास्टर सब मन करत तो स्कूल खोलत। नाहीं तो बंद। रोज-रोज तो छुटीए रहत हौ। कभी मिटिंग तो कभी चुनाव और जिनगिनना (जनगणना) कऽ बहाना। के जानत कि मस्टर सब झुठे बोलत कि सच। पहले खिचड़ी बनत तो कुछ लड़कन जात भी। पोशाक का पैसा भी बहुते दिन से नाहीं मिलत। गरीब के लड़कन को देखेवाला कोई नाहीं हौ। प्राइवेट स्कूल में मास्टर लोग स्कूल न जाके तनिका देख लें। हालत बिगड़ जइते। हम जेके घर काम करत हौ, ऊ जैन सहेबवा का एते बड ही लड़का हौ। खटर-खटर हिसाब जोड़त हौ। फोन पर तो ऐसे फटर-फटर बतियावत कि का बोलूँ। ओका मुँह नाहीं सटत। ई सारन (साला गाली) को अभी अपन नामे नाहीं लिखे आवत हौ। दिन-भर बेमतलब खेलत रहत हौ। माई-बाबू का भी यहनी से कवनो मतलब नाहीं हौ। टोला के कतने लड़का तो स्कूल में बैग रख के दिन भर नहर की ओर खेलत।"

"आप लोग स्कूल के प्रधानाध्यापक से बात क्यों नहीं करते कि अच्छी तरह से पढ़ाई कराएँ। बच्चे भी रोज-रोज स्कूल जाएँ।"

दीपन को सलाह दी।

"अरे सर, हमर तो लड़का नाहीं हौ। जेका है, वोका तो सोचे का चाही।

स्कूल में जाके मास्टरवा को डाँटै कऽ चाही। ई टोला का अधिका लड़का तो कूड़ा बीने चल जात हौ। कवन जात का लड़का शहर का कचरा बिनत हौ। टोला का गार्जियन ढीला हौ तो मास्टर काहे पढ़ावत। मास्टर को तो कोई पढ़े या नाहीं पढ़े, महीना तो टाइम से मिलत ही। ओके तोरा पढ़ले और नाहीं पढ़ले से का फर्क हौ।"

"तुमको छात्रवृत्ति मिलती है कि नहीं ?"

बंधु से पूछा।

"छतरवृत्ति ?"

उसने सवाल किया।

"कोई बात नहीं। पोशाक योजना के तहत कपड़ा बनवाने के लिए पैसा मिला था कि नहीं ?"

"पिछले साल मिलल हल।"

"कितना ?"

"पाँच सौ।"

"क्या किया ?"

"बाबू को दिया।"

"कपड़ा सिलाया कि नहीं ?"

"हाँ।"

"अच्छा, एक गीत सुना दो। तुम्हारी माँ कोई गीत सिखाई है कि नहीं ?"

बंधु घूरकर मेरा चेहरा देखने लगा।

"सरवा, गावत काहे नाहीं हौ रे। तोके लाज लागत हौ का ? दिनभर चिचिया-चिचिया के गावत और अभी कहले पर लजात हौ।"

दीपन ने उसे झिड़कते हुए कहा। इस टोले में सरवा, ससुरा और बाहन चो··· आदि गाली सामान्य बातचीत में भी उपयोग की जाती है। दीपन को बंधु का गाली के साथ झिड़कना भी उसी का एक हिस्सा था।

बंधु सिर झुकाकर अँगूठे से मिट्टी खुरचने लगा। तब तक मुगिया बोल पड़ी।

"बेटा, साहेब को एक गीत सुना दे।"

उसने मुगिया की ओर नजर उठाई और थूक निगलकर गला तर किया।

"जेकर बलमा गइले, परदेश पिया, ओकर ससुरा से निक नइहरवे बा। जेकर···।"

"नाती, दूसर गीत तोहके नाहीं आवत, जे बलमा-बलमूवाला गीत गावत हौ। एक बढ़िया गीत साहेब को सुनावै का तो जैसा-तैसा गीत गावत हौ।"

उसके गीत शुरू करते ही मुगिया बरस पड़ी। बंधु अपराधी की भाँति प्रतिक्रिया के इंतजार में सबका चेहरा देखने लगा।

"चलो, दूसरा गीत सुना दो। तुम्हारी आवाज बहुत अच्छी है।"

प्रोत्साहित करते हुए कहा।

पैर के अँगूठे से मिट्टी खरोंचते हुए गीत शुरू किया।

"जनती कि जारल जईबू, आग के दहेज में,
पाप नाहीं करती बेटी, ससुरा में भेज के।
पाप नाहीं करती बेटी···
कटले तू होइबू रनिया, बड़ी रे बिपतिया,
माई कह के डहकल होइबू, फाटल होई छतिया,
अलगा न करतीं कबही, अपना करेज के।
पाप नाहीं करती बेटी, ससुरा में भेज के।"

मार्मिक ढंग से शुरू किए दहेज प्रताड़ना के इस गीत को पूरा किए बिना ही एकाएक गेंद उठाकर दौड़ गया। बड़ी ही सुरीली आवाज। भोजपुरी लोक शैली के ये गीत 'राग खमाज' की बिगड़ी पीढ़ियाँ-सी प्रतीत हुए। निश्चित ही माँ से विरासत में मिले होंगे। काश! बच्चे को गीत-संगीत के प्रशिक्षण का उचित अवसर मिल पाता! पाँचवें वर्ग के बंधु की पढ़ाई का स्तर तो दूसरे और तीसरे वर्ग के समकक्ष, लेकिन आवाज में गजब की मिठास। भोला-भाला चेहरा, घुँघराले बाल और शरीर पर मैले कपड़े। अचानक घड़ी पर नजर गई, ग्यारह।

"गणेशजी चलते हैं। अगले रविवार को आएँगे। यहाँ के बचे लोगों की पेंशन और परिवार लाभ का फार्म भर दिया जाएगा। टोला में शिक्षा का स्तर बढ़ नहीं रहा। यह अच्छी बात नहीं है। साधु मुसहर ने ठीक ही कहा कि 'कंबल और पेंशन से कुछ होनेवाला नहीं है।' यह तो असहाय और विधवा के लिए सरकार की योजना है। इससे सिर्फ गुजारा हो सकता है। विकास के लिए तो पढ़ना-लिखना और रोजगार की व्यवस्था बहुत जरूरी है।"

चबूतरे से उठने लगा।

"साहेब, एक दिन स्कूलवा में आके मास्टरन को बोलिए न। ऊ सब बचवन को कुछ नाहीं पढ़ावत। आपके बोलले के बाद खिचड़ी बनल शुरू हो गेल हौ।"

"अच्छा, कल ही आकर शिक्षकों से मिल लूँगा।"

अपनी नोटबुक समेट ही रहा था कि दो महिलाओं के लड़ने की आवाज सुनाई दी। सबका ध्यान उस ओर चला गया। अभी कुछ पूछता कि मुगिया बोल पड़ी—

"साहेब, ई लोगन का रोज का झगड़ा नाहीं, रगड़ा हौ। हम कहत हौ कि सास-बहू अलग-अलग रहो तो सुनत नाहीं हौ। ई सुखुआ बऽ हौ। देखत नाहीं, हाथ में सूप लेके कैसे भाँजत हौ। टोला का कोई पतोह सास के साथ रहत हौ, जे ई रहत। अभी एका बिआह भेला सालो नाहीं लगल हौ। दिन भर टुसुर-टुसुर लड़त हे। कहत हे कि इंदिरा आवास अब हमका दे दो। हमर नया बिआह भेल हौ। एका सास कहऽ हे कि भर जिनगी हम कवनो का ई घर नाहीं देत। मरले के बाद जेका समझ आवे लै लेत। साहेब! ओके तीन लड़का हौ। एक इंदिरा आवास और तीन-तीन बेटा। के-के घर देत और के-के नाहीं देत। अभी बड़की पतोह के अपन घर दे देत, तो मझली और छोटकी आयत तो का होत? सुखुआ अपने नाहीं बोलत, लेकिन मेहरी के उकसाए के रोज माई से लड़वावत हौ। सुखुआ के बाप भी कुछ नाहीं बोलत। बाप-बेटा टुकुर-टुकुर ताकत और सास-बहू रोजे महाभारत मचावत हौ। एमा टोला-मोहल्ला का करत साहेब! घर के लड़ाई में दोसरे के परले

का कवन काम, लेकिन ई समस्या तो टोलवा के घर-घर का हौ। कोई का चार परिवार होत तो एक इंदिरा आवास में कइसे रहत? हमरे सामने जवने का इंदिरा आवास बनल, सबका दो-चार बेटा पतोह भऽ गेल। ऊ सबका शादी-बिआह होत कि नाहीं। शादी-बिआह होत और कनेया आयत तो बाल-बच्चा होत कि न? और बाल-बच्चा होत तो कहाँ रहत? एक कोठरी में कतने जन आटत। सरकारों का सोचें का चाहीं न? सुखुआ के बाप के नाम से दस साल पहिले इंदिरा आवास बनल हे। अब सुखुआ सब भाई सयान हो गेल। एका शादी-बिआह होत तो पतोह और लड़का कहाँ रहत? एक इंदिरा आवास में कै पीरी (पीढ़ी) रहत।" उठते-उठते मुगिया ने एक छोटे सवाल से राष्ट्रीय समस्या जेहन में डाल दी।

चबूतरे पर कई लोग एक साथ खड़े हो गए। घोर गरीबी के बावजूद आतिथ्य संस्कार से पूर्ण इस मोहल्ले से कई चीजें एक साथ मिलीं। सबके साथ मोटरसाइकिल की ओर बढ़ने लगा। सामने से एक फेरीवाला आता दिखा। हाथ में साइकिल का हैंडल और हैंडल पर बँधा हैंड सेट माइक। उम्र में अधेड़। चूड़ीदार पाजामे के ऊपर आसमानी रंग का कुरता। सिर पर पगड़ी। पिछले कॅरियर पर मेटल का बक्सा। हैंडल के दोनों ओर लटकता झोला। मोटरसाइकिल तक पहुँचकर विदा ले ही रहा था कि फेरीवाले का माइक बज उठा।

"जिन आँखों में नूर नहीं, नूर आ जाएगा। बेनूर आँखों पर किसकी नजर जाएगी। बच्चा, बूढ़ा या जवान, सबको नूर की दरकार। जिसकी आँखें बेनूर, उसका जीवन बेकार। काजल की छोटी डिबिया नहीं, जादू है, जादू। आजमाइए, आजमाइए। सिर्फ एक बार आजमाइए। जीवन का रुतबा बदल देगा। बदल देगा चेहरा। अपनों को करीब लाएगा। दूसरों की नजर टिकाएगा। कौन कहता है, बेनूर आँखों में नूर नहीं आता। बस, नुस्खा अपनाइए और बेनूर आँखों में नूर लाइए। बेनूर आँखों में नू···।

काश! इनके जीवन में भी नूर लाने का नुस्खा बिकता।

□□□